世界少年经典文学丛书

[丹] 徒生 著

赵 喆 编译

中国出版集团 现代出版社

**图书在版编目(CIP)数据**

安琪儿 /（丹）安徒生（Andersen,H. C.）著；赵喆编译. —北京：现代出版社，2013.2 （2025.1重印）

ISBN 978－7－5143－1251－5

Ⅰ. ①安… Ⅱ. ①安… ②赵… Ⅲ. ①童话－丹麦－近代－缩写 Ⅳ. ①I534.88

中国版本图书馆 CIP 数据核字（2013）第 021205 号

| | |
|---|---|
| **作　　者** | 安徒生 |
| **责任编辑** | 李　鹏 |
| **出版发行** | 现代出版社 |
| **通讯地址** | 北京市安定门外安华里 504 号 |
| **邮政编码** | 100011 |
| **电　　话** | 010－64267325　64245264(传真) |
| **网　　址** | www. xdcbs. com |
| **电子邮箱** | xiandai@ cnpitc. com. cn |
| **印　　刷** | 三河市嵩川印刷有限公司 |
| **开　　本** | 700mm×1000mm　1/16 |
| **印　　张** | 9 |
| **版　　次** | 2013 年 2 月第 1 版　2025年 1 月第 4 次印刷 |
| **书　　号** | ISBN 978－7－5143－1251－5 |
| **定　　价** | 39.80 元 |

# 序　言

孩子是未来的希望，是父母心中的天使，是充满快乐的精灵。小学阶段更是孩子最快乐的时光，是孩子成长发育的黄金阶段。为了让孩子学习更多的课外知识，享受更加丰富的学习乐趣，我们策划了本丛书！

从小让孩子多读课外书，对培养孩子健康的心态和正确的人生观无疑将起着非常重要的作用。自《语文课程标准》公布以来，不少富有敬业精神、有才干的教师，在他们的教学中，担当起阅读教育的重担。他们在严谨的选材中，利用丰富的文学资源，向学生推荐了大量优秀的课外读物，实施了以“练成阅读和作文的熟练技能”为重要内容的阅读教育。大千世界充满了丰富的知识。阅读能丰富小学生的语文知识，增强阅读能力，提高写作水平，开阔视野，增长智慧。阅读本丛书，能够使孩子享受到阅读的快乐，激发起更浓厚的阅读兴趣，孩子的生活将充满新的活力与幸福！本丛书精选了世界名著和中国经典书目中流传最广、影响最大、最脍炙人口的作品，是培养小学生理解能力、记忆能力、创造能力的最佳课外读物。

最后需要指出的是，本丛书把世界上流传甚广的经典童话、寓言等也尽收其中，并将这些文学作品重新编写审订，使作品在不影响原著的基础上更适合少年儿童阅读，在丰富他们课余生活的同时提高语言和文字表达能力。本丛书通过科学简明的体例、丰富精美的图片等有机结合，使小读者不仅能直观地领略作品的精髓，而且还能获得更为广阔的文化视野和愉快体验。希望本丛书能成为孩子生活的一缕阳光照亮孩子前进的道路，能成为一丝雨露滋润孩子纯净的心灵。

编　者

# 目　录

# 旅　伴

在一座破旧的小房子里，一盏非常不起眼的煤油灯放出了淡淡的微光。这里住着父子俩。父亲卧病在床，儿子约翰守在旁边，小约翰在很小的时候就没有了母亲，他没有一个兄弟姐妹，如今父亲病得快不行了，他们在无可奈何的等着厄运的到来。

“我亲爱的孩子，你如此善良，上帝一定会帮助你的。”虚弱的父亲有气无力地说，他的眼睛里流露出深深的疼爱和无限的眷恋，他的眼睛慢慢闭上了，事实上他再也不能醒来了。

约翰握着父亲的手，明显感觉到他的手慢慢变凉了，渐渐变僵硬，他明白父亲已经离他而去。他不禁失声痛哭起来，一想到以后，自己一个亲人都没有了，要独自一个人活在这样一个举目无亲的茫茫世界里，哭得就很自然更加剧烈了，他哭着哭着就睡了过去。这次，他做了一个非常奇怪的梦，梦到天空同时挂着太阳和月亮，它们全都对他露出十分温和的微笑。高大健壮的父亲也在快乐地微笑，他的身旁站着一位头戴金冠的美丽公主，也在笑眯眯地看着他。父亲说：“瞧，你的新娘如此高贵、漂亮！”他伸手想握一下公主的纤纤细手，抓住的却是冰冷的木头，约翰惊醒了，发现父亲脸色蜡黄，硬邦邦地一动也不动地躺在那儿。

七天之后，坟墓挖好了，牧师为死者做完了祈祷，棺材被置入了墓穴里。随着一铲又一铲的泥土抛撒到坑里，没用多长时间，棺材就只剩下一个小小的角还能看见了，最后全被泥土覆盖上了，棺材被埋到了地底下。

可怜的约翰五脏俱焚，他今生今世再也不可能与自己的慈父相见了。

他放声痛哭起来，眼泪簌簌地往下淌，宣泄着自己精神上的无限痛苦。送葬的人们唱起了赞美诗，这时似乎有一个神圣的声音在约翰耳边响起：“你的父亲早已升入了天堂，他在天堂会非常快乐的，你无须悲伤，你不会孤独的，他正在祈求上帝来帮助你。”

“谢谢仁慈的上帝，我一定会做一个诚实善良的好人。”约翰心想，“我会去天堂找我的父亲、母亲，那一天我要告诉他们许许多多他们不知道的事情。”小约翰不再难过了，脸上露出了一丝笑容。

父亲活着的时候，无论对人对物都非常友善，就连小鸟儿们也一直愿意待在他的肩膀上。现在，它们站在枝头，唧唧喳喳地自始至终也没停歇过，仿佛是在为老人送行，祝他在另一个世界生活得更加幸福快乐。

夜幕降临了，约翰再次来到了墓地，将新雕刻好的一块儿木头——十字架立于父亲的坟前，坟墓上放着许多盛开的鲜花，这全是父亲在世时的朋友送的。他跪在地上告诉父亲，第二天他就会离开这里了，要到外面的世界闯一闯，见一见世面。约翰向父亲保证今生一定会当一个好人，求他保佑自己平安、顺利。

第二天清晨，约翰收拾了一下自己的行头，带上了仅有的五十元钱就出发了。他走出了村庄，在羊肠小道上飞快地走着，走了一会儿，他慢慢地站住了，回头望着那个生他养他的故乡，现在的心里实在是难受极了。这时他发现教堂的尖顶上正坐着一个小天使，在面对他飞吻并祝他好运连连，约翰含着笑向他挥手致谢。他接着又继续往前走，村庄离他越来越远了，终于消失了。

约翰来到了另一个村庄，眼看着天已经很晚了。他找了一个干草垛躺下要歇一歇，晴朗的天空繁星闪闪，绿油油的田野上长满黄色、红色、白色的小花朵，就像一块块世上少有的非常精致的地毯，蜿蜒的小河好像一个硕大无比的大脸盆，干草垛散发着青草的芳香，又柔软又温暖，他想象着这是一个美丽的大卧室，连尊贵的国王也不会有这么舒服的房间，他躺在床上没一会儿就睡着了。

第二天清晨，温暖的太阳光暖意融融地照在他的脸颊上，他醒来了，这一觉睡得实在是香。“当——当——当”，教堂里的钟声敲响了，呼喊人们快去做礼拜。村民们不约而同地都穿戴上自己最好的衣服，手持《圣经》，三三两两地向教堂走去。约翰洗了洗脸，整理了一下自己的衣服，也向教堂走去。他们一起听牧师宣读《圣经》，一起唱赞美诗。

约翰从教堂墓地经过的时候，发现这个地方现在有很多的坟墓，杂草丛生，似乎有很长时间没有清理了。原来是牧师这些年上了年纪，精力也不足，不得不让这些野草肆意丛生。这也让小约翰不由自主地想到了自己父亲的坟墓。随后，他放下行李，扶正那些已经东倒西歪的十字架，拔掉了那些野草，他希望父亲的坟墓也能像这样经常有人去清理一下。

一个年老的乞丐站在教堂的门外，约翰非常同情地拿了一个铜板给他，就吹着口哨离开了。一整天都是晴空万里无云，不知不觉中傍晚来临了，天气突然大变，只见空中乌云密布，暴风雨立刻就要光临了。约翰发现不远处的山上有一座教堂，他连忙向那里跑去。教堂很小，他推开门径直而入，找到一个小角落就坐了下来，合计着待外面好些了以后再继续上路，由于他走了一天的路，已经很疲惫了，坐在那里不一会儿就睡着了。等他醒来的时候，雨已经停了，这时明媚的月光透过窗户照射到屋子里来，教堂仿佛有灯在照着，那般明亮。他向四周看了看，祭坛的旁边放着一副尚未加盖的棺材，里面躺着一具死尸正等待安葬。但他现在一点儿都不害怕，因为他明白死去的人是根本就不可能去害人的，更何况他身正不怕影子歪，从来没有做过亏心事，反而是那些活着的坏人，才让人感觉到害怕。

这时，好像有时隐时现的两个坏人站在棺材旁边，将死者从棺材里抬出来，看上去打算把这具尸体弄到教堂外面去。啊，他们正在做的一切实在是太让人鄙视了！

“你们正在干什么？为什么惊扰一个死去的人呢！”约翰生气地说。

“关你屁事！”一个坏蛋恶狠狠地说，“他欠我们的钱，一个子儿也没给我们就死了，他死了也活该，可我们的钱找谁要去？绝对不可以就这样便宜了他，我们要将他扔到荒野里，让他连一个安息的地方都没有。”

“我身上只剩下十九块钱，你们都拿去吧，可你们一定要放过这位死者。好吗？”约翰说。

那两个坏人窃窃私语了一阵子，语气鄙夷地说：“好吧，要是你愿意帮他还债的话，那我们就放过他。”他们接过了钱，借着月光一个一个地数了好几遍，接着又戏弄了约翰一番，才离开了教堂。

约翰抱起死者将他又放进了棺材里，又将自己的衣服整理好，双手交叉放在胸口上，接着闭上双眼为他做了一番祷告，这才离开。他又向大森林的方向出发了。

森林中现在十分安静，月光透过浓郁的树枝，洒下了斑驳树影。在光线比较足的地方，约翰非常惊异地看到有许多只有他大拇指一般大的小精灵在嬉戏。它们各自的毛发都是金黄色的，比身体还要长，用金卡子、金梳子固定着。这些小精灵一会儿在宽大的树叶上翻筋斗，一会儿在草丛上一刻不停地奔跑，而且都能唱着各种美妙的歌曲，声音尽管很小，但十分的动听，笑声尤其清脆，当花瓣上的露珠滴到地上后，它们会伤心得放声痛哭。它们发现有人在周围，但依然像没看见一样继续玩耍着，因为约翰善良而又诚实，而那些邪恶的坏人是根本不可能看见这些小精灵的。

约翰在小精灵的陪伴下，非常容易地走出了这片非常容易迷路的森林。这时，从身后传来一个男人的声音：“嗨，前面的朋友，等一下，请问你去哪里？”

“我现在也不大知道的。”约翰说，“我的父母都去世了，我现在无家可归了，但我相信，仁慈的上帝会帮助我这个可怜的人的。”

“我也孤身一人，我们干脆做一对好友吧！”男人说。

“我非常愿意，我们能一起走实在是太好了。”约翰说。

两个人边走边聊，从谈话中约翰得知这位朋友非常见多识广，并且也很聪明，心地善良。

这时天也渐渐变亮了。他们走累了，便坐在路边的一块石头上吃东西。一位老奶奶弯腰驼背，背着三捆树枝拄着拐杖一瘸一拐地朝他俩走来。突然脚下一滑，老奶奶摔倒了，摔断了腿。约翰和他的旅伴立刻跑了过去，扶起了老奶奶。约翰打算把她背回家，旅伴说他有一种专治腿伤的良药，抹上以后腿就会很快好的，但是，他让老奶奶得将三捆树枝给他作为回报。

"我就这三捆树枝，你们还要全都拿走!"老奶奶生气地说。可她的腿真是太疼了，最后还是勉强同意了。旅伴将药膏轻轻涂在她的断腿上，过了不久，她果然立刻就能站起来了，而且还能走路，甚至比过去还要利索。

"你要它们干什么啊?"约翰疑惑地问。

"我要是说了出来，你肯定认为很奇怪，我是要用它们做三把扫帚。"旅伴回答。

约翰沉默不语。他想旅伴肯定是有自己的打算。他无须干涉。两个人又愉快地上路了。刚才还非常晴朗的天空刹那间又黑云压顶了，约翰指着远处的一大片黑影说："你瞧空中布满了乌云，很快又要下雨啦。"

"哦，朋友，那是与天相接的高山，你看错了吧?那里空气好得很啊，景色也很是优美，我们加快脚步，说不定快到傍晚时可以到达那座山上。"

看似不远的大山，耗费了两个人一整天的时间。天黑之前，他们果真到了那座山的脚下。茂密的森林一直延伸到了半山腰，山上到处是陡峭的岩石，要想非常快的越过这座大山好像不是一件容易办到的事儿。约翰和旅伴一合计，干脆在这儿睡一晚得了，第二天一早再继续登山。他们找了一家小旅店以作为今晚暂时休息的场所。

旅店的院子里有一个小戏台，前面坐着一个肥胖的屠夫，一条丑恶至极的狗趴在他的身旁，好多客人都正站在院子里等着看木偶戏。

演出开始了，只见布景上画着豪华的宫殿，国王的龙椅高高地放在中央。头戴金冠的国王还有王后从幕后慢慢地出来，两个宫女也紧紧跟在后面托起他们华丽的长袍，还有一些戴着玻璃眼镜的大臣。这是一出喜剧，剧情编排得非常搞笑，木偶玩得也非常熟练。当人们正在兴头上时，那只奇丑的大狗突然蹦到了戏台上，一下咬住了王后的腰。接着大家就听见"咔嚓咔嚓"的响声。木偶戏中断了，老板非常伤心，他不仅一分钱没有挣到，而且道具还给弄坏了，木偶王后就剩下残存的半截身子了。

旅伴劝老板别太伤心，声称他能够修理好木偶王后，他回到房间里拿出那个刚刚给老奶奶治好断腿的药膏，抹到玩具的身上，出人意料的现象还真的出现了，那位王后竟然奇迹般地恢复了原样，而且身体比以前更灵活了，无须拉绳子，就能够走路、跳舞，木偶老板高兴得手舞足蹈，毕竟这样奇特的木偶，是他以前从未见过的！

深夜里，客人们都睡熟了。突然传来一声长长的叹息，而且那个声音越变越大，人们都被吵醒了。人们到处寻找着原因，声音竟然是从木偶箱子里发出来的。老板打开盖子，发现所有玩具都在没完没了地吵闹着，也想要用那种神奇的药膏抹在自己的身上，也要像王后的身体一样想怎么活动就怎么活动。王后跪在地上哀求他们，最后甚至摘下了头上的金冠，希望可以满足国王和那些大臣、侍卫的要求。老板和这些玩偶的感情极深，看到王后都已经这个模样了，他实在是太感动了。于是向约翰的旅伴说，完全同意把第三天晚上的所有收入给他，希望他再给剩下的五个木偶抹点儿药膏。

"我一分钱都不要，我就要你拥有的那把古剑。"旅伴说。

木偶戏老板爽快地答应了，将剑交给了约翰的旅伴。旅伴于是在那些木偶身上都抹了一些药膏，它们立刻能想怎么活动就怎么活动了，跳起了各种各样的舞蹈，所有在场的人们全都非常高兴地跳了起来，那天晚上实在是一个太让人难忘的夜晚了啊！

第二天清晨，约翰和旅伴吃过早饭后，就开始登山了。他们穿越那片大树林，来到了半山腰，山下的旅店已经不能看到了，只有教堂的尖顶仍然还可以看见。两个人在那里向远处眺望，天空一片蔚蓝，白云朵朵，骄阳依旧十分灿烂！山间回荡着狩猎人的号角声，一切都是如此的开阔，约翰情不自禁地大叫起来：“哦，上帝！我爱你！”

旅伴的心情也极为激动，他低着头默默念着赞美诗。就在这个时候，他们的头上传来了“喔喔”的叫声，声音极其微弱，接着一只白天鹅从空中俯冲下来摔在了他俩面前，一下子就死了。

“多么漂亮的白天鹅呀！实在是太可惜了，可这美丽的翅膀也不能白白地浪费了，可以卖好多钱呢！”约翰的旅伴说着，便立即用那把古剑砍下了天鹅的一对翅膀，约翰想阻止时已经晚了。

“现在你明白我为什么要这把古剑了吧！它实在是太有用了，特别是对于我。”旅伴说。两个人又继续向前行，他们翻过一座又一座陡峭的山崖，穿越了根深林密的一片片森林，在临近傍晚时分，他们终于能看见山里的第一座城市。

它是这个国家的首都，城市的正中间是一座大理石砌成的王宫，宫殿的屋顶覆盖着金子，在夕阳的照耀下金光闪闪的。国王就生活在这座金碧辉煌的宫殿里。这座城市几乎有二百个教堂，是一个很大的城市。约翰和旅伴在城外的一家旅店住了下来。由于每天都在一直不停地走路，他们浑身都是土，也十分需要洗一下澡了。他们向老板打听了这个城市的情况。从他的口中才得知，国王很好，很圣明仁慈，对这个国家的子民也很仁爱，但他有一个女儿却非常的恶毒。公主对外宣布，无论什么人都可以向她求婚，不管他出身何方，也不论是来自什么样的家庭，只要能够回答出她提出的三个问题，她就不计较他的身份和地位马上嫁给他，将来继承王位，如果答错了，那人就立刻会被杀头。国王对她如此霸道的做法很是不赞成，可又没有办法阻止她。因为他过去答应过公主，对她的婚姻不作任何干涉。因此好多优秀的求婚者都被砍了头或被吊死了。国王只好提醒那些前来求婚的人要非常小心，每当夜深人静的时候，他还会祈求上帝让公主有所收敛，可不幸的事情依然还在继续发生着。旅店的老板还劝告约翰他们不要头脑冲动了，以免白白送掉了自己的性命。

“这个邪恶的公主，十分可憎！我要是国王，就用鞭子抽打她，让她受到一定的惩罚。”约翰生气地说。这时外面传来了一阵急促的马蹄声，老板连忙捂住了嘴巴，同时向他们摆手，示意他们不要说了。原来是那位公主骑着马正从此地经过。

公主骑着一匹雪白的马，身着十分华贵的礼服，头顶的金冠上缀着一颗亮晶晶的大钻石，披肩轻薄绚丽，好像是用无数的蝴蝶翅膀做成的，手中的马鞭镶着颜色各异的名贵宝石。然而，这些华丽的装饰品配在公主的身上也不能完全掩饰公主的姣好面容，因为她是如此的美丽，她的天生丽质使一些多情的青年心甘情愿冒着生命的危险去追求她。

十二位美丽的侍女骑着黑色骏马紧紧地跟在左右。她们穿着白色的骑士装，双手还捧着十分漂亮的紫罗兰花束。约翰看到公主非常吃惊，在父亲去世的那个夜里，他梦到的那位公主跟这位公主一模一样。而且，父亲那晚和他说过的，这就是他的新娘。他的脸不禁红了起来，他觉得自己的血液在沸腾，心也跳个不停，他一下子爱上了公主。他对旅店老板的话也不当一回事了，他不相信那一切都是真的，他要去向公主求婚，否则的话他会抱恨终生的。

所有的人包括他的旅伴都规劝小约翰不要冒那个危险，他不见得有如此好的运气。可他说上帝会保佑他的，对自己充满了信心。约翰精心地把自己上上下下都重新整理了一番，就进城来到了王宫。

约翰站在王宫外面，对侍者说明了自己的来意，国王召他入宫。善良的国王流着眼泪劝他说：“年轻人，千万要爱惜你的生命！我实在不愿意又看到年轻的生命就这样葬送了，我带你去一个地方瞧一瞧，希望你还是回去的好。”国王带着约翰穿过了几条长廊来到了公主的后花园，这个地方的景象简直让人无法接受：求婚者的尸体被高高地挂在树上，有的早已经成了骷髅架子，有的正在腐烂，花坛原来应该是鲜花盛开的，而现在却白骨累累，让人不禁胆战心惊。

“你瞧他们死得多惨！如果你的运气也很糟的话，也会是他们的下场。我非常诚恳地劝你还是回去吧！不要拿自己的生命开玩笑了，每死一个人，我都会感到我的阳寿又少了一年。”国王对约翰说。

约翰感动地吻了一下国王的手，接着对他说：“不用为我担心，我与公主已经相爱了，所有的不愉快马上就要结束了。”

国王的眼睛瞪得圆圆的，他简直无法相信眼前的这一切。正想问清楚约翰，可公主回来了。她朝这位年轻人伸出了纤纤玉手，约翰礼貌地吻了她一下。他发现公主在朝他非常高兴的微笑。他感觉对公主的爱又加深了许多。公主笑容可掬地请小约翰一起尝尝非常好吃的点心，国王推脱说自己不舒服，马上离开了。公主告诉约翰明天早上就必须到她那里回答问题，到时候王宫的大法师也会在场。要是他回答出第一个问题，那么第二天再回答剩下的两个问题。过去的那些求婚者都是在第一天就送了命，因为他们没有一个能将问题答出来。约翰非常痛快地答应了，眼下他的脑子里完全是和公主将要共同度过的美好未来。

约翰兴奋地回到旅店，迫不及待地向旅伴讲述公主是如何盛情邀请他一块儿吃点心，还夸赞公主是多么多么的倾国倾城，美若天仙，他希望第二天快点儿到来，希望自己会有好的运气，能够回答出公主提出的问题。

他的旅伴使劲儿地摇头，对约翰说：“你不能只看事物的表面，别高兴得太早了。要是你放弃向公主求婚的想法，我们还能共同去畅游世界的大好河山。可是如今，我们却不得不分开了。哦！可怜的约翰，你如此的善良，如此的诚实，今晚也许是你生命中的最后一夜了。”

约翰向公主求婚的消息很快全城人都知道了，人们纷纷为这个年轻人感到惋惜，为他的即将死去感到悲伤。商店和戏剧院也都提前歇了业，家家户户的门口上都挂起了一块儿黑纱。国王来到教堂，跪在上帝面前恳求着上帝的宽恕。没有一个人觉得约翰会求婚成功，正如根本就没人认为奇迹会出现一样。

约翰的旅伴买来一瓶儿红葡萄酒，祝福约翰好运，还说也要为那位公主干上一杯，约翰不胜酒力，喝了两杯酒就醉倒了，旅伴将他弄到了他的床上躺下，接着为他盖好被子。这时，天已经很晚了，旅伴拿出白天鹅的那对翅膀，绑在他自己的肩膀上。接着又将从老奶奶那儿要的树枝插进衣服上的大口袋里，打开窗户，拍着翅膀飞走了，一直飞到公主住的宫殿里，他悄无声息地落在了屋外的阳台上，秘密地隐藏在一个角落里。

夜深人静，疲倦的人们早已进入了梦乡，整个城市是那样的寂静，唯独塔楼的大钟，还在不时地敲响报时。这时，公主卧室的门开了，她来到了阳台上，身穿一件黑色的披风，肩上绑着一对又长又黑的翅膀。她也拍动着自己的翅膀飞走了，飞出了王宫，一直向郊外飞去。旅伴也悄悄地紧跟其后，抽出树枝使劲地抽打她。公主事实上是完全看不到他的，因为他会隐身术。

公主朝一座高高的大山飞去，边飞边喊：“哎哟，哎哟，冰雪打得我太疼了！”旅伴每抽打她一次，她就要疼得大叫一声。很快，她来到了山顶，站在险峻的悬崖上，在石板上使劲儿拍了三次，“轰隆”地响了一声，山门打开了，她走了进去，旅伴也紧紧地跟进去了。

走廊又窄又长，没有一根火把，但却亮得非常吓人，旅伴细心一看，原来洞壁上到处都是红得发亮的蜘蛛。他尾随公主穿过走廊，走到了一个非常宽敞的厅堂里，墙上有红蓝变换的美丽花朵，事实上它们是毒蛇喷出来的火焰，压根儿就不是所谓的花朵。一座金子打造的宝座就在那个大厅的中间，四匹马的骷髅依次陈列在宝座的下面，当作台阶，宝座上还铺着乌黑发亮的垫子，这原来是上百只小老鼠在那个地方。一张巨大的蜘蛛网挂在宝座上方，数不清的苍蝇在上面爬来爬去，发出绿莹莹的光芒。一个相貌非常丑陋的巨人坐在宝座上，头戴金冠，手持骷髅做的拐杖，他让公主坐在自己的身边，吻了一下她的前额。这时，让人无法想象的一场闹剧开始了，猫头鹰敲着自己的肚皮，大蚱蜢吹响了口琴，癞蛤蟆唱起了让人感觉难听死了的曲子，乌鸦们在一旁伴舞。侍人们端着葡萄、苹果、点心，不断地来来往往，一个个看上去都是非常的斯文，它们无非是扫帚头上顶了棵白菜，都是一些假人，只不过是被巨人施了魔法罢了。旅伴站在宝座的后面，仔细地看着眼前的一切，由于他会隐身术，没一个人能看到他。

公主对丑陋的巨人说，又来了一位求婚者，问那个丑陋的巨人该怎样对付他。

“这非常简单，你就出你鞋子的问题让他猜。越简单的东西越不好猜，我发誓，他一定猜不对。你杀他之后，将他的眼睛挖下来，第二天晚上给我带来，我最喜欢吃那东西啦！”巨人说。

“我记住了！”公主说，接着对他行了个屈膝礼，迅速地离去了。回来的路上，旅伴仍紧跟在公主后面，不停地使劲儿抽打她，她又疼得在空中不停地叫唤。

旅伴回到旅店的时候，约翰仍然在睡觉呢。他收拾好树枝和翅膀。接着也躺下睡了。

第二天一早，约翰和他的旅伴很早就都醒了。旅伴对约翰说：“我夜里做了一个很奇怪的梦，梦到了美丽的公主和她的鞋，今天你去王宫回答问题时，公主要是命令你去回答她现在在想什么时，我觉得你应该说是鞋子，然后别的什么话都不说。这说不定是上帝在特意的救你呢！”

“哦，朋友，你做的梦说不定真的会很灵呢！因为你在我看来一直都十分的神秘，为我祝福吧！但愿仁慈的上帝还会让咱俩再次相见。”约翰说完，离开旅店，向那座宫殿走去。

整个城市的百姓都站在了宫殿外。王宫的大厅里正襟危坐着一排法官，他们每个人都表情严肃，眉头紧皱，给人的感觉是一副心情沉重的模样。国王在大厅里走来走去，不时用手帕擦拭着眼泪。约翰坐在椅子上，只等着在一生中最重要的一次会面出现。

美丽的公主出现在了大厅里，她向国王鞠了一躬，随后又向那些法官问好，随后来到了约翰的面前，拉起他的手温柔地说：“年轻人，你好！那么你现在就回答，我正在想着什么？”大厅里静得几乎一根针掉到地上的声音都能够听得清。

“我想应该是鞋子。”约翰盯着公主，非常稳重地说。

公主惊讶得脸色苍白，约翰居然答上了公主的第一个问题，她全身直哆嗦，呆在那里说不出一句话。

“感谢上帝！”国王第一个高兴地欢呼了起来，他已经顾不得自己的威严了，法官们严肃的脸上也有了一些笑容，他们真是不愿意再看到哪一位年轻人被葬送。所有的百姓都在欢呼雀跃，整个城市处在欢乐的海洋中。

显而易见，约翰的旅伴也非常快地知道了约翰胜利的好消息，他祝贺约翰顺利通过第一关。约翰确信是上帝在帮助他，他现在却一个劲儿地在为上帝祈祷，希望上帝继续帮助他顺利闯过第二个和第三个难关。

这天夜里，约翰的旅伴又跟随着那个黑衣公主飞出去了。这次他带了两捆树枝，公主被打得叫个不停。奇丑无比的巨人让公主在心里想手套。约翰又非常顺利地答上来了。所有的百姓无不欢欣雀跃，但公主的脸上没有一丝笑容，她阴沉着脸坐在沙发上一句话也不说。关键的时刻很快就要到了，约翰是成功还是失败，大家不久就都会知道了。

约翰在这天夜里足足祈祷了三个小时，随后因为实在是太累而睡着了，他要养足精神迎战第二天的考试。他的旅伴在半夜时分又把那对神奇的翅膀绑在了自己的肩膀上，这次他带了三捆树枝，另外腰里又挂上古剑，然后向王宫飞去。

公主被三捆树枝抽打得满身是伤，但她已经有些麻木了，大声地哭着，到了山洞以后，她对巨人说：“路上的冰雹真大呀，我以前是从来没碰到过的。那个约翰又猜对了第二个问题，要是这次再被他猜中，我就不能再来这里了，再也不能跟你学巫术了。”

“这次那个人一定会失败的，除非上帝帮助他！”巨人说。他十分自信地拉起公主的手，两个人跳起舞来。妖魔鬼怪们也都跟着扭了起来，整个舞厅里乱七八糟。他们疯闹了好一会儿，公主要回去了。巨人说要亲自送她回王宫，目的也就是想和这个美人多待上一会儿罢了。

回去的路上巨人跟公主遇到了暴风雨，因为旅伴拼命地狠狠揍着这对狗男女，将三捆树枝都打碎了。“我平生第一次遇到这么大的暴风雨。”巨人说。他们不久就到了城外，巨人对公主悄声说：“让他猜我的脑袋。”然后，他们就分别回到自己的住处去了。

旅伴听到了巨人的话，他跟在巨人身后，用手抓住他的头发一剑砍掉了怪物的头，巨人还没觉察出是怎么回事就已经一命呜呼了。旅伴用披风包好这颗头颅，又将尸体扔进了河里，然后向旅店飞去。

第二天一早，约翰没有去王宫之前，旅伴把那个包袱给了约翰，一再嘱咐当公主向他提问之后，再打开。

这是决定约翰命运的一天，国王换上了新的王袍，祈求事情能够有一个美好的结果，而那恶毒的公主却穿了一件黑色的长裙，就好像是要去参加一个死者的追悼会。她脸色苍白、语气冷冰冰地问约翰：“年轻的朋友，你晓得我此刻想的是什么吗?”眼下大厅里挤满了大臣、法官还有侍卫，人们都屏住了呼吸，约翰默默地一句话也没说，只是打开了手中的包袱，一颗巨大奇丑无比的头颅突然出现在了人们的面前，他惊呆了，每个人也都被吓坏了，吓得全身直哆嗦。

公主脸色蜡黄，呆呆地站在那里好像一下子僵硬了一样，待了足有半个钟头，她长长地叹了一口气，非常不情愿地说：“你猜对了，今晚我就嫁给你!”她的脸上没有一丝笑容，因为这并不是她希望的结果。“这是世界上最令我开心的事情啦!”国王随后说。全国的老百姓们都欢欣雀跃起来。

整个城市到处都充满了快乐无比的空气，商店以及剧院都摘下了黑纱，换上了美丽芬芳的花束。国王宣布整个城市庆祝三天，在城市广场要宴请全城的百姓，百姓可以到那里免费吃喝。

当夜幕降临以后，城市里依然还是那么的灯火通明，盛大的庆祝活动拉开了帷幕，所有的人都高兴地跳起了热烈的舞蹈，姑娘唱起优美的歌：

来吧，来吧，美丽的姑娘
提起你的长裙来
跳动轻盈欢快的舞步
扭动你柔美的腰肢
随着优美的旋律旋转、旋转
跳吧，尽情地跳吧

直到将舞鞋全部磨破，每一个人的脸上都绽放着无比快乐的微笑，他们是真心地为约翰高兴。可公主却始终阴沉着脸，因为她不喜欢约翰，她是一个女巫。聪明的旅伴很早就将一切记在了心头，他配制了一小瓶儿不同寻常的药水，然后从他的又白又大的翅膀上拔下了三根羽毛，随后将约翰叫到一边对他说："今晚是你跟公主的新婚之夜，可她并不是诚心想嫁给你，因此一定会对你很不热情，我给你配制了一瓶药水和三根羽毛，你在新房里放一大盆水，接着把我给你的东西全倒到盆里。公主睡觉的时候要脱衣裳的，这时你就把她按入水盆中，按住她的脑袋让水淹没她的整个身体，反复三遍，最后她就会变得又温柔又善良，而且还能变得诚心诚意的真心爱你。"

约翰听从了旅伴的教导很早就做好了一切的准备。当公主首次被按到水中后，她又尖叫又挣扎，变成了一只黑天鹅，第二次变成了一只头戴黑箍的白天鹅，最后一次她终于回到了自己本来的样子，眼睛里充满着真诚和友善，与从前相比也变得更美、更让人爱了。她非常感谢约翰帮她消除掉了巨人施加给她的魔咒。

第二天上午，国王来探望这对小夫妻，大臣们也都来向他们问候和致意。

约翰的旅伴这三天也早已累得筋疲力尽了，一觉醒来已接近中午，他匆匆地吃了些东西，背起行囊朝王宫走去。他来向新婚夫妇表示祝贺，并且告诉约翰他现在就要走了，再也不回来了。

“哦，我亲爱的朋友，我一直都觉得是你带给我这样的好运的，我诚恳地请你留下来，留下来吧！”约翰非常伤心的紧紧抱着他的朋友说道。

旅伴慢慢推开了他，平静地说：“你不觉得我们一路上遇到的事情都很怪异吗？你是否还记得山中的那个小教堂？当两个混蛋把一个死者的尸体要扔到野外去侮辱的那一刻，是你拿出身上的每一分钱，使死者得以安息，而我事实上就是那个已经死去的人。我得到上帝的允许来还债，如今我返回天堂的时刻就要到了，因此我必须离开了。”说完，他就立刻不见了踪影。

约翰如今成了这个都城的国王，他与那位天生丽质的美丽公主的日子过得很幸福，生育了一群小王子和小公主，老国王在众多孙子孙女的伴随下身体也越来越硬朗了，而且过得又快乐、又幸福。

# 雏　菊

现在请你听听——

在乡间的一条大路边，有一座非常气派的别墅。你也许看见过！别墅前面有一个很大的种满了奇花异草的小花园和一排涂了油漆的栅栏。在别墅旁边的一条沟里，一丛嫩绿的小草中长着一棵小小的雏菊。太阳温暖地、和煦地照着它，就像太阳照着花园里的那些大朵的美丽的花儿一样。因此它和它们一样在不停地生长。有一天早晨，它的花盛开了；它的鲜嫩的小小花瓣儿，围绕着一个金黄色的太阳的中心散开来，很像一个光圈儿。它从来没香过，因为它生长在草丛里，人们不会注意到它，所以它是属于一种可怜的、卑微的小花。不，它反而非常高兴，它把头朝向太阳，看着太阳，静静地听百灵鸟在高空中唱歌儿。

小雏菊是那么高兴，就像这是一个盛大的节日一样。事实上这不过是星期一，孩子们都上学去了。当他们正坐在桌子旁学习的时候，它就坐在它的嫩绿的小梗上向温暖的太阳光、向周围的所有东西，学习了解上帝的仁慈。雏菊觉得它在安静中所感受到的一切，都被百灵鸟高声地、婉转地唱出来了。于是雏菊怀着崇敬的心情向着这只能唱能飞的、快乐的鸟儿凝望，所幸的是，它并没有因为自己不能唱歌和飞翔而感到自卑。

“我能看，也能听，”它想，“太阳温暖着我，风吻着我。啊，我真是太幸运了！”

栅栏里面长着许多高傲的名花——它们散发的香气越少，就越装模作样。牡丹用力伸张，想要开得比玫瑰花还大，可是花的美不在花朵的大小上。郁金香的颜色最华丽，它们也清楚这个特点，所以它们就尽量挺得笔直，好让人们能更清楚地看到它们。它们一点儿也不搭理外边的小雏菊，但是小雏菊却总是在默默的注视着它们。它心里想：“它们是多么高贵华丽啊！是的，美丽的鸟儿肯定会飞向它们，拜访它们！感谢上帝！我离它们这么近，我能有机会看到它们！”正当它在这样想的时候，“滴丽！”——百灵鸟飞下来了，但是他并没有落到牡丹或郁金香上面去——他却飞到草丛里最不起眼的小雏菊身边来了。雏菊感觉到受宠若惊，真是不知所措了。

这只小鸟在它的周围欢快地跳着舞，唱着歌：

“啊，草是多么柔软鲜嫩！请看，这是一朵多么幸福的小花儿——它的心是金子，它的衣服是银子！”

雏菊的心金灿灿的，看起来也的确像金子；围绕着它的小花瓣白得像银子，还闪闪发光呢。

谁都感觉不到，小雏菊心里已经乐开了花！百灵鸟用嘴来吻它，对着它唱了一阵歌，又向蔚蓝的天空飞去。整整过了一刻钟后，雏菊才慢慢地回过神来。它怀着一种羞怯而又快乐的心情，向花园里那些高贵的花儿望了一眼。它们一定看到了它所得到的光荣和幸福，它们一定清楚这是多么快乐的事情。可是郁金香还是像以前那样骄傲；它们的面孔也还是很刻板和发红，这是它们在自找烦恼。牡丹花也是头脑在发昏，唉，幸亏它们不会说话，否则雏菊就会被骂得一无是处。这棵可怜的小花心里很清楚，它们的心情都不好，这让它感到很苦恼。正在这时候，有一个女孩子拿着一把小铲子向花园里走来了。她一直走到郁金香跟前，把它们一棵一棵全都铲倒了。

“唉，”小雏菊叹了一口气，“这真是太可怕了。它们现在什么都没有了。”

女孩子拿起郁金香走了。雏菊很庆幸，自己生在草丛里，是一棵不起眼的小花，它感到很幸运。等到夜幕降临，它就蜷缩着花瓣，睡着了，在整个晚上它的梦里全是太阳和那只美丽的小鸟。

第二天早晨，当雏菊向空气和阳光又舒展开它小手臂般的小白花瓣的时候，它听到了百灵鸟唱歌的声音；不过他今天唱得很悲凄。是的，可怜的百灵鸟的悲凄是有原因的：他被捕去了。他现在被关在打开的窗户旁的一个笼子里。他歌唱着自由自在地飞翔在蓝天下，他歌唱着田里绿油油的麦苗，他歌唱着他在溪水潺潺树叶哗哗的树林中快乐的飞行。可怜的百灵鸟的心情真是坏透了，因为他现在是一只笼中之鸟，没有自由可言了。

小雏菊很想帮助他。可是，怎么做才好呢？是的，要想出一个万全之策真不太容易。它现在也忘记了周围的一切景物是多么美妙和神奇，太阳照得多么温暖，它自己的花瓣儿白得多么可爱。啊！它现在心里只想着关在笼子里的百灵鸟怎样才能得到自由，只是感觉心有余而力不足。

这时候有两个男孩子正好从花园里走出来。有一个男孩子手里拿着一把看上去很快的铲子——跟那个女孩子铲掉郁金香的那把铲子差不多。他们径直向小雏菊走来——它一点儿也不清楚他们的来意。

“我们可以在这儿为百灵鸟挖起一块很好的草皮。”一个男孩子说。于是他就在雏菊的周围挖了一块四四方方的草皮，使雏菊仍然完好无损地留在草的中间。

“把这朵花拔掉！”另一个男孩说。

雏菊担心起来了，因为如果它被拔掉，它就会死去的。它现在非常需要活下去，因为它想跟草皮一块到被囚的百灵鸟那儿去。

“不，还是留下它吧，”头一个男孩说，“在草丛里有一朵花是一个很好的点缀。”

就这样，它就被留下来了，而且还来到关百灵鸟的笼子里了。

不过这只可怜的鸟儿总是在为失去了自由而伤心地啼哭，他用翅膀拍打着牢笼的铁柱。小雏菊说不出话来，心里非常着急，它找不出半个字眼来安慰百灵鸟——虽然它很乐意这么做。半天就这样过去了。

“这儿没有水喝，”被囚禁的百灵鸟说，“他们都出去了，一滴水也没有留给我喝。我的嗓子干得快要冒烟了，还有点疼。我身体里像有火，又像有冰，而且空气又是那样的沉闷，啊！我快要死了！我要离开温暖的太阳、鲜嫩的绿草和上帝所创造的一切美好事物！”

于是他把嘴伸进清凉的草皮里去，希望尝到一丝清凉的味道。这时他看见了雏菊，于是对它点了点头，用嘴来吻它，同时说：

“你来到这儿慢慢地会干枯的——你这可怜的小花儿！他们把你和跟你相依为伴的这一小块绿草送给我，来代替我在外面的那整个世界！这对我来说，现在每棵草就是一株绿树，你的每个白花瓣儿就是一朵芬芳的花！啊，你使我想起，我真不知丧失了多少美好的东西！”

“我希望我能安慰他一下！”小雏菊想。

但是它连一片花瓣儿都不能动。不过它小巧的花瓣儿所发出的香气，比它平常所发出的香气要浓烈得多。百灵鸟也感觉到了这一点，所以虽然他渴得要晕过去了，他只是吃力地啄着草叶，而不愿意动这棵花。

天已经全黑了，还是没有人来送一滴水给这只可怜的鸟儿。他展开美丽的翅膀，吃力地拍着。他的歌声里再也听不到欢快的感觉，他的小头向雏菊垂下来——百灵鸟的心在悲哀和渴望中碎裂了。雏菊再也不像前天晚上那样蜷曲着花瓣舒服地睡一觉。它的心里非常难过，他的身体病了，它的头瘫倒在土上。

小孩子在第二天天亮的时候才走过来。当他们看见百灵鸟死了的时候，他们都很伤心——眼泪哗哗地流个不停。他们为百灵鸟掘了一个平整的坟墓，并且用花瓣把他点缀了一番。百灵鸟的尸体躺在一个漂亮的红匣子里，因为他们要为他——可怜的鸟儿——举行一个隆重的葬礼。在他活着能歌唱的时候，人们往往想不起他，让他坐在牢笼里遭受着折磨；现在他却得到了尊荣和许多眼泪！

可是那块草皮连带着雏菊被丢到路边的垃圾堆里去了。

谁也想不到，最关心百灵鸟、最愿意帮助他的，却正是它。

# 天国花园

从前，有一位英俊潇洒的王子，他拥有一件举世无双的精美铜版画。在这幅铜版画里的任何一个国家的人民，他都能在书里非常清晰地领略到。关于天国花园里的情况，在书中却找不到一个字。弄清楚这个问题是他现在最想知道的。

在他年幼的时候，他的祖母就给他讲述过，天国花园的每一朵花都是一块世界上少有的甜饼，每一个花蕊里都装着醇香的美酒，一朵花上记载着历史，一朵花上写着地理或者是乘法表，因此，谁想读好书只要能吃上这种甜饼就行了，吃得越多，学到的历史、地理和乘法表也就越多。所有的话他都信以为真了；可等到他渐渐长大成人后，学到的东西也不再像小时候那么浅薄了，他也终于知晓了，天国花园的美一定会异于平常我们所见到的事物。“噢，为什么夏娃要摘那棵知识之树的果子呢？为什么亚当要吃那个禁果呢？”国王的儿子想。“要是我当时在场的话，这样的事情一定不会发生的，因此，世界上也就没有罪过了。”他满脑子里想着天国花园的事，一直到他十七岁都没有停止过。

有一天，他正在树林里一个人悠闲地散着步，这时候暮色渐浓，他觉得快乐极了。但转眼间乌云密布，雨就像天空打开了水闸门一样倾倒下来。黑黑的天空中伸手不见五指，就像半夜里的井底；他一会儿踩在滑溜溜的花上狠狠地摔一跤，一会儿被岩石在地上凸出来的石头绊倒。可怜的王子被雨淋得像个落汤鸡。他艰难地爬过一块块大石头，渐渐感到头昏脑涨。就在这个时候，他听到了一种非常奇怪的嘘嘘声，突然看到眼前有一个大洞穴，从里面不停地发出刺眼的亮光。洞穴中间一直燃着一个大火堆，一只犄角叉开的美丽母鹿被穿在一个叉子上，架在两根松树干之间烧烤着。叉子在火上缓慢地翻转着，火堆前面坐着一个已经上了年岁的老妇人，但看长相似乎又像是一个男人假扮的，她不停地往火堆里扔木头。

“你快请进来吧，”她对王子说，“在火堆旁快坐下，暖和一下身子，将衣服烤干。”

“这里的风真大，”王子坐在地下说。

“哈哈，等我的几个儿子回来时风就会更大了，”妇人回答，“你现在正在风穴里，我的儿子是生活在天上的四个风神，你能弄明白我的意思吗?”

“你的儿子在哪儿呢?”王子接着追问道。

“这么愚蠢的问题，我无法解答，”妇人说，“我那些儿子要做很多事情，此时他们正在上面打球玩儿呢。”她指指天上。

“噢，是吗?”王子吃惊地说，“你说话这么粗俗难听，一点儿也不像我常听到的那些女人的声音那样柔美啊。”

“确实如此，因为她们不需要天天扯着嗓子喊叫，而我则必须天天扯着嗓子喊叫，这样我那些孩子才能安静听话，这一点我是办到了，虽然他们都是很犟头倔脑的。你看到墙上挂着的四个口袋了吗？对，他们非常惧怕那四个口袋，就跟你通常害怕镜子后面的老鼠没有什么区别。每当他们不听我的调遣时，我就将他们塞进口袋中，他们连手都不敢还。这我完全可以告诉你。他们待在里面不敢出来，直到我把他们放出来。四个儿子中有一个回来了。”

第一个进来的是北风，带来了刺骨凛冽的寒风，硕大的冰雹在地上不停地滚动着，雪花这时正在外面漫天飞舞着。他穿着熊皮做的衣服。他那顶海豹皮帽子直接耷拉到了耳朵上，胡子上面还挂着冰柱，冰雹不时地从他的上衣领子上滚落下来。

“别太靠近火堆，”王子急忙说，“否则你的手和脸会冻伤的。”

“冻伤?”北风哈哈大笑着说，“你要明白我自从出生就很耐冻。你是谁呢，怎么会来到风穴?”

“他是我的客人，”老妇人很不满地说，“我现在和你说得很清楚了，要是你还是问个没完没了的话，你就该直接到你的口袋里去待会儿。你听清楚我的话了吗?”

北风不得不在一旁不吭声了，事情也就这样不了了之了。接着北风开始侃侃而谈，谈起了他刚刚经历的事情来，从何处来，又到了何处去，足足有一个月了，经历了各种各样稀奇古怪的事情。“我从北极海面上来，”他非常自信地说，“我和俄国猎海象的人一块儿到过熊岛。当他们离开那个地方的北角时，我在他们船上的舵轮里休息。有时当我醒来时，海燕在我的腿边飞。这是一种与众不同的鸟，它们会用翅膀不停地拍打人类，一直到达它们的最终目标为止，接着张开翅膀远远地飞走。”

“别扯得太远了，”风妈妈有些不高兴了，撇着嘴打断了北风的谈话，“熊岛是个什么样的地方?”

“那是一个非常美丽的地方，有一个跳舞场平滑得简直就像一面水晶盘子。那里覆盖着马上就要融化的雪，下面是厚厚的青苔，尖角的石头，而海象和北极熊的骨架到处皆是，它们巨大的四肢经过长期腐蚀最后变成了绿色。那里好像整年都见不到太阳。我轻轻地吹散那茫茫迷雾，令人惊喜的是我竟然发现了一座小木屋，它是用沉船的木头搭建而成的，上面铺着海豹皮，内侧的一边向外翻着。它看上去红绿相间，屋顶上蹲着一只咆哮不休的熊。然后我去海边找鸟巢，发现里面全是那些不会飞的小鸟，张着嘴吱吱地叫着要东西吃。我把风吹进它们的小喉咙里，它们就不敢叫了。再过去就是那些海象了，长着和猪一样大的头，牙齿足有一米长，爬来爬去就像一些大蠕虫。”

“你将你的所见见闻说得太棒了啊，我的孩子，”他的母亲说，“听你这么一说，我的口水都要流出来了。”

“接下来，”北风接着说，“打猎开始了。渔叉刺入海象的胸脯，冒着热气的鲜血像泉水一样喷洒在冰面上。这时候我不知怎么的忽然想起了一个曾经玩过的游戏，我开始大口大口地吹气，让我自己的船——那些巨大的冰山起航，去撞那些不堪一击的小艇。哈哈，那些水手只管哇哇乱叫，不过，我的声音吼叫得比他们更响些。他们不得不扔掉他们船上的东西，将箱子和那些死海象都扔在了冰上。然后我在他们头顶上布满了雪花。他们乘着破船艇向北漂去了，肯定是都知道咸水是什么味道。他们再也不会到熊岛了。”

“这么说，你做了件调皮折磨人的事？”风妈妈说。

“我不会自吹自擂，我做的好事还是留给别人去说吧，”他倒还蛮诚恳地答道，“哦，我的兄弟西风回来了，我最喜欢我的西风了，他身上总是带着一股大海的气味，进来的时候还夹带着一股寒冷的清新空气。”

“是小西风吗？”王子问道。

“是啊，小西风，”老妇人说，“可他如今已经不小了。从前他是个漂亮的孩子，如今都已经是老黄历了啊。”

他进来了，就像个野人似的，戴顶宽边帽保护着他的头不受伤。他手里持着一根大棒，是根美洲森林桃花心木那样的棒子，而不是一个简单的小玩意儿。

“你这是从哪里来？”母亲关切地问道。

“我是从森林里的蛮荒的地方回来的。那里树林间长满了刺灌木，筑起了树篱，无法通过，湿漉漉的草上躺着水蛇，那里好像还从来没去过人类。”

“你在那里干了些什么？快和我说说！”

“我朝那条非常深的河看过去，只见它从岩石上冲泻下来。水花直上云端，在彩虹中不停地闪烁。我看到野水牛在河里游泳，可激流将它和一群野鸭一起冲走了，但在激流向前奔腾时，这些野鸭飞了起来，所以倒霉的野水牛被冲下了瀑布。我一时心血来潮，刮起一阵暴风，将那颗陈年的老树连根拔了起来，让它们顺流而下。”

“你还做了什么?”母亲接着又问。

“我发疯似的跑过树木稀少的热带草原，抚摸着那里成群结队的野马，将椰子从树上摇下来。事实上我有许多故事要讲，可我用不着把我知道的事都细说一遍。这些你都是非常熟悉的，不是吗，老太太?”他用一种非常粗鲁的口吻对他的母亲说话，他的母亲被气得简直要向后跌倒了。噢，他真是一个不可理喻的坏家伙，混账东西。

接着，南风进来了，他在自己的头上裹着一条头巾，披着一件飘动着的游牧人的斗篷。

“这里怎么这么冷啊!”他说着将更多的木头扔进了火堆。“很显然北风比我先回来了啊。”

“你瞧这里热得足以烤熟一只熊呀。”北风带着讥讽的口气说。

“你自己就是只熊啊。”南风说。

“你们都想被塞进口袋里去吗，我说你们两个?”老妇人说，“立刻都给我坐下别乱说话，坐到那边那块石头上，告诉我你在外面都做了些什么。”

“在非洲，妈妈，我跟霍屯督人一起出发，他们要去卡菲尔人的土地上猎杀狮子去。那里的平原铺满了绿橄榄色青草。非常有趣的是，在那里我和鸵鸟赛跑，可我很快就超过了它们。最后我来到了沙漠，那儿的黄沙一望无际，看上去仿佛是在海底。在那里，我非常幸运地遇到了一个外国商队，旅行者刚宰了他们最后一只骆驼，仅仅是为了喝到点儿水，可他们能喝到的水基本上已经没有了，不得不在烈日下继续痛苦地旅行着，走过滚烫的黄沙，而沙漠在他们面前又是那么无边无际啊。我在松软的沙子上打滚儿，卷起火热的沙柱在他们头顶上旋转。那些单峰驼害怕地站在那儿一动不动，就像个泥塑的雕像一样，而商人们将他们的土耳其长袍盖住他们的头，就好像在他们的真主安拉面前那样面朝着我趴伏在地，模样很可笑。随后我把他们埋在了沙子底下，全埋在下面了。等我再到这里的时候将沙子吹开，太阳早已把他们的骨头都晒得发白了，再有旅行者到这地方时，他们就可以看到在他们之前别人也到过那里。不然在这样荒凉的沙漠里，他们是无法相信有人曾经来过的。”

“这么看来，你除了坏事什么也没有做过啊，”他的母亲很气愤地说，“你给我进那个口袋里去。”南风还没有回过神儿，他母亲已经拦腰将他抱住，二话不说把他塞进了口袋。他在地上滚来滚去，直到他母亲一屁股坐到他的身上，他才变得安静下来。

“你的这些孩子还真挺调皮啊。”王子说。

“是的，”她回答，“可毕竟在一些问题上，我也需要让他们明白什么才是对的，现在第四个孩子回来了。”东风进来了，穿得好像是一个中国人的模样。

“噢，你是从哪边来的?”老妇人说。“我还以为你去那个传说中的天国花园了呢。”

“我明天就要到那里去，”他回答说，“我都一百年没去过那里了。我刚从东方的神秘国度中国回来，在那里我环绕着塔跳舞，直到每个铃铛丁丁当当都响起来。街上正在狠狠地鞭笞着官员，大小官员从一品官员直到九品官员都在挨着他们皇帝的竹条子，竹条子在他们的肩上都打折了。他们还在那口是心非地高声叫道：‘谢主隆恩!’可我断言这不是他们的肺腑之言，所以我摇起那些铃，摇得它们乱响。”

“你真是个缺乏管教的孩子，”老妇人说，“还好你明天要到天国花园去了，到了那里你就可以时常受到教育，有所提高。到了那里你要多喝点智慧泉水啊，也顺便替我带一瓶回来。”

“我肯定会带给您的，”东风说，“但是你干嘛将我的南风兄弟塞到口袋里呀?快快将他放出来吧，因为我想让他给我说说凤凰的传奇故事。我一百年去天国花园看那里的仙子一次，无论哪一次她总要听听关于这只鸟的事情。要是你打开口袋，我最亲爱的妈妈，我就给你两衣袋茶叶，它们碧绿新鲜，就和我在它生长的地方采下来的时候没有什么区别。”

“那好吧，为了茶叶，也因为毕竟他也是我的亲生的孩子，我就饶他一次。”

她打开了口袋，南风从里面爬了出来，那样子非常尴尬，因为王子见证了他非常丢脸的一幕。

“我有一片棕榈叶要送给仙子，”他说，“是世界上那只仅存的凤凰亲手交给我的。它用嘴在叶子上啄写了它经历过的百余年来的所有历史。仙子在上面能够读到凤凰如何放火焚烧自己的窝，在其燃烧的时候是如何像一个印度未亡人似的坐在火上面。巢周围的干树枝噼噼啪啪响个没完，直到熊熊火焰将凤凰烧成了灰。而这时火里会出现一个蛋，滚烫滚烫的，它忽然之间一声巨响炸开了，飞出了一只年轻的鸟。它就是世界上少有的凤凰，是百鸟之王。它在我交给你的这片叶子上啄了一个洞，那是它对仙子所表示的无上敬意。”

“眼下让我们吃点儿东西吧，”风妈妈说。于是大家就坐了下来吃烤鹿肉。王子坐在东风身旁，他们不久就成了忘年交的好朋友。

“求求你告诉我，”王子说，“你刚才说的那位公主是一个什么样的人呢，天国花园又在何方？”

“嗬！嗬！”东风说，“你想去那里吗？好的，你明天可以和我一起去那里转转的，但我不得不告诉你一件事——自打亚当和夏娃以后，还没有一个人愿意去那里呢。他们的事，我想你在你们的《圣经》上已经读到过了。”

“我读到过。”王子说。

“就这样，”东风继续在不停地说，“当他们被赶出天国花园的时候，天国花园也就在那个时候陷入地下了，可它依然保持着所有的美景。仙子住在那里，住在这个令人羡慕不已的幸福岛上。死神从不到这里来的，一切都是那么的美。我明天可以将你带到那里去的，你只需坐在我的背上就行了。但眼下不要再聊什么话题了，因为我要睡觉了。”随后大家都去睡了。

王子早晨醒来发现自己已经在云端了，这一惊吓可蛮厉害的。东风将他放在背上，反手死死抱着他。他们俩飞得非常高，下面的树林、田野、河流和湖泊看着仿佛一幅五彩的地图。

“早啊，”东风说，“你不用一直看着我，可以再睡一会儿的。我们正在飞过平原，没有什么好看的，除非你想数一数下面到底有多少座教堂，它们看上去和绿板上的粉笔点子没什么不同。”绿板是他给绿色田野和草原起的名字。

“我没有对你的母亲和你的兄弟说声再见啊，这会让人感到非常粗鲁的。”王子说。

“他们会原谅你的，因为你还没醒呢。”东风说，随后他们飞得更快了。

当他们在天空中飞过时，树上的树枝和树叶簌簌地响；当他们飞过大海和湖泊，只见下面波涛汹涌，浪花奔腾，大船仿佛潜水的天鹅，在海里钻来钻去。天黑下来时那些市镇就比往常显得更加美丽了，灯光闪烁着忽隐忽现，就仿佛火星在一张燃烧的纸上不停地闪烁。王子兴奋得直拍手，可东风劝他不要用这个方式表现快乐，否则他会掉下去的，如果命不好也许正好会挂在一个教堂的尖顶上。鹰在黑暗的森林中飞得非常快，可东风飞得比它还要快。哥萨克骑着小马轻快地跑过平原，但王子乘在风背上马上就将他远远地甩在后面了。

“那是喜马拉雅山，亚洲最高的群山，多么的壮观啊。”东风说，“眼下我们就要到天国花园了。”

然后他们向南飞，空气中渐渐充盈着花香。这里生长着无花果和石榴，葡萄藤上结满了蓝色和紫色的葡萄。在这里他们同时降落在地面，在柔软的草上伸着自己的懒腰，花儿无不迎风向他们鞠躬致敬，以示欢迎。“我们这是在天国花园了吗？”王子问道。

“当然不是，”东风回答，“可我们很快就要到那个地方了。你瞧见那个岩石墙，还有它下面的洞穴没有？它上面挂着葡萄藤好像是帘子一样，我们不得不通过那个洞穴。用你的斗篷将身子裹起来，这里太阳很毒，如果不做点防护很有可能被烤坏的，但是再过去几步就要冰冷万分了。鸟飞进洞穴门时只是感觉一只翅膀在夏天，一只翅膀在严冬。”

“看来，如果没有猜错的话，这就是通向天国花园的路了？”进洞穴时王子问。确实是冰冷，可冰冷很快就感觉不到了，因为东风张大了他的翅膀，立刻发出非常明亮的光。当他们穿过这个非常古怪的洞穴往里面走去时，王子发现滴水的大石块悬挂在了他们的头顶上，样子千奇百怪。有时候路窄得他们只好用手和膝盖往里面爬行，有时候又高又宽，好像在露天广场。这里的模样像墓地的小教堂，还有奏不响的风琴和无声的管乐器。“我们似乎是在经过死神之谷去天国花园啊。”王子说。

可东风一言不发，只是指着在前方远处闪现的可爱蓝光。头顶上的石块渐渐变得有如迷雾般了，直到最后看着月光中飘动的白云。空气非常新鲜，像是山中吹来的微风，还有玫瑰谷飘来的花香。一条清澈碧绿的河水在他们脚下不停地闪烁着，而在河底五颜六色的鱼在玩耍嬉戏，好不快活，紫色的鳗鱼时常发出电火花，而漂在河面上的睡莲宽叶子则闪现出彩虹一样的七彩颜色。火焰色的花仿佛从水中得到了营养，一如灯需要有油才能持续照明一样。一座出自能工巧匠之手，仿佛由花边和珍珠砌成的大理石桥一直延伸到那个幸福岛，天国花园就在桥的对岸。那里正是百花齐放的时候。东风用双臂抱起王子过了桥，这时鲜花树叶唱起他童年时听到过的甜蜜歌曲，声音圆润温柔，是人声和乐器声所难以模仿的。花园里长着各种各样生机勃勃的树木，但不知道是棕榈树，还是其他什么巨大的水生植物。王子一直都没有搞明白。攀缘植物挂在那里，一串串绿色金色的花环，好像古老弥撒书页边的插图或是花纹头母。鸟儿、花儿还有那色彩斑斓叫不出名的各色动植物，让人目不暇接。不远处的草地上站着一群孔雀，迎着阳光正展开它们光辉美丽的大尾巴。王子去抚摸它们，令他大吃一惊的是，它们竟不是真的孔雀，而是牛蒡叶子散发出的孔雀屏的彩影。狮子和老虎都非常的温顺，在飘着橄榄花香味的绿色灌木丛中跳跃，像一些在嬉戏的小猫儿。旅鸽用它的翅膀拍狮子的鬃毛时，它的羽毛闪着美丽的珠光。一贯非常怕羞的羚羊此时则站在旁边，频频地点着头，似乎也想和大家一起玩上一阵子。随后天国的仙子出现了。她的服装如同太阳一样的闪耀，安详的脸上散发着幸福的光彩，就仿佛母亲因为自己可爱惹人喜欢的孩子而呈现出的一脸安逸的样子。她非常年轻漂亮，一群婀娜多姿的女孩尾随其后，个个都在头发上戴着一颗亮晶晶的星星。东风交给仙子那片写有那只凤凰历史的棕榈叶，她的眼睛高兴得闪闪发光。接着她挽着王子的手，带他进入了她的王宫，宫墙五彩缤纷，仿佛一片郁金香花瓣对着太阳时一样。屋顶的形状像一朵倒置的花，颜色在看它的人的面前会明暗相间一刻不停地变化。王子走到一个窗前，看到那棵关于善恶知识的树，亚当和夏娃站在旁边，那条蛇也靠近他们。“我还以为他们早已被赶出天国了呢。”王子说。

仙子微笑着告诉他，这只是一幅美丽的画而已。时间将每一件事都刻在一块窗玻璃上成为一幅画，不过和别的画不同，这里的画事实上是活动的——树叶簌簌地响个不停，人们不停地忙碌着，就像在镜子里一样。他看着另一块窗玻璃，发现了雅各梦见的那把梯子，天使们张开了翅膀，正在梯子上上下摆动。世界上发生过的所有事情都在这儿的玻璃上活动着，只有时间的功力才能刻画出如此漂亮的画。仙子眼下把王子带进了一个雄伟的厅堂，四周的墙都是透明的，光透过它们照了进来。这里还有许多的画像，样子一个比一个漂亮——无数个幸福的人，他们的笑声和歌声交融成美妙的音乐，这些画像有些在非常高的天花板上，看上去好像要比最小的玫瑰花苞还要小上许多，要么就像纸上的铅笔点子。厅堂正当中有一棵树，树枝低垂，结满了黄澄澄的苹果，有大有小，样子仿佛绿叶丛中的橙子。这就是那棵善恶的知识之树了，亚当和夏娃当初采下上面的禁果并将其吃掉了。每一片叶子滴下一颗闪亮的红色露珠，好像这棵树在为他们曾经的罪过而哭出的血泪一样。“让我们现在到那只小船上去吧！”仙子说，“在凉快的水上划划船能够使我们的精神好起来。只是船虽然会在滔滔的水上摇晃，可我们不会离开这里的，世界各国将在我们面前经过，而我们却停驻不前。”

眼前的这一切简直是太令人难以想象了。最初经过的是巍峨的阿尔卑斯山，白雪茫茫的，笼罩着云朵和黑压压的松树。号角不知什么时候响了起来，牧人在山谷里愉悦地唱歌。香蕉树将低垂的树枝一直延伸到船上来，黑天鹅一个一个地浮在水面上，远处岸上满是奇花异兽。新荷兰，世界的第五大洲，这时也飘了过来了，后面是苍翠的群山，远远望上去郁郁葱葱。他们听到了牧师的歌声，分明看到了野蛮人在鼓声和骨头做的号角声中乱蹦乱跳；埃及的金字塔若隐若现地耸入云端。接着王子看到的是几欲沉埋在沙中的圆柱和狮身人面像；当北极光在北面熄灭了的火山上空闪耀时，这种光火事实上是谁都无法仿造的。

王子非常的高兴，他看到了各式各样了不起的东西，那几乎是无法用语言形容的。“我能永远留在这里吗?”他问道。

“那要看你自己的本领了，”仙子回答道，“要是你不像亚当那样渴望上帝禁止的事物，你就能永远留在这里。”

“我肯定不会碰知识树上的果子，”王子说，“这里有好多好多的果子同样漂亮。”

“审视一下你自己的心吧!”仙子说，“要是你对它的力量感觉没有任何的信心，那就跟带你来的东风一起回去吧。他就要飞回去了，一百年之后才会再回来的。在这里的这段时间你不会觉得多于一百个小时，可即使如此，对于致命的诱惑和无声的抗拒而言，这也是够长的了。每个夜晚当我要离开你的时候，我就会这么说：‘跟我来吧!’还用我的手召唤你，可你绝不能听我的话，或是离开你的位置跟我走，因为每向前前进一步你都会意识到你抗拒的力量削弱了许多。你一旦打定主意跟我走，你不久就会来到长着知识之树的大厅，因为我就睡在它芳香的树枝底下。要是你向我弯下腰的话，我就会感到要笑出来的。要是你这时候吻我的嘴唇，天国花园就会沉落下去，对你而言，它就消失了。你周围将刮起大风，冷雨将落在你的头上，那么可以想象，你的未来就注定要充满着忧愁和苦恼。”

“我决定留下来。”王子说。

于是，东风吻着他的前额说：“要坚持到底啊，这样一百年后我们将会重新见面的。再见了，再见。”随后，东风张开他宽大的翅膀，它们明亮得仿佛是秋天的闪电，或者是寒冷冬天的北极光。

“再见了，再见。”树木和花丛中发出了回声。

鹳鸟和鹈鹕成群地跟在他后面飞个不停，将他送到了花园的边缘上。

“现在我们来跳舞吧，”仙子说，“我和你一直跳到太阳落山好不好，到那时我会做手势请你跟我走，但你别听我的话。这样相同的事，我将必须重复一百年，每次考验，你抵抗住了，就会得到一些力量，直到抗拒变得易如反掌时，最后诱惑就会被克服的。今晚是第一次，我已经提醒过你了。”

说完这些话后，仙子将他带进了一个大厅，里面到处是透明美丽诱人的百合花。每朵花的黄色花蕊是一个金色的小竖琴，奏出笛子和琵琶美妙的合奏声。体态优雅苗条、身着透明薄纱的美丽少女轻盈地跳着优美的舞蹈，歌唱着天国花园的快乐生活，这里死神是从来不来的，一切都永远年轻，永远青春永驻。当太阳落下山去时，整个天空变成了金红色，在百合花上涂成了玫瑰色。这时候，一些漂亮的少女们为王子送上来了晶莹的美酒，他喝下去感到无与伦比的欢乐。大厅的墙壁忽然被打开了，知识之树出现了，散发出简直使他眼花缭乱的光晕。他耳边响起了一个声音，温柔可爱，仿佛是他母亲的声音，似乎在对他唱：“我的孩子，我的宝贝孩子。”这时候仙子正在向他一直招手，还在用甜美的声音说：“随我来吧，随我来吧。”王子丢掉了他做出的诺言，在第一个晚上就将它忘记了，他向她冲过去，她继续向他招手和微笑着。她身上的香气令他失去了基本的理智，竖琴奏出来的音乐听起来越发的迷人，而树周围露出无数张美丽动人的笑脸，点着头唱：“人应该无所不知，人是世界的主人。”知识之树不再哭出血的眼泪，因为那些露珠现在像天上闪烁的星星一样发着光。

“来吧，来吧。”那引诱人的声音一刻不停地说着，王子跟着这呼唤一直向前。每走一步他的双颊都觉得有些发烧，血管里的血流得更快了起来。“我不得不跟着走，”他叫道，“事实上这并不是罪过，追随美和快乐就不应该是罪过的。我只要看看她的睡态，只要我不吻她，什么事也不会发生的，我不会吻她的，因为我有抗拒的力量，有坚定的信念。”

仙子扔掉她那耀眼夺目的漂亮衣服，拨开树枝，瞬间就隐藏在了它们中间。

“我依然没有犯任何的罪，”王子说，“我也不会犯什么罪的。”随后他拨开树枝去追随公主了。她躺在那里似乎已然睡着了，只有天国花园的仙女才能这样的诱人。当他向她弯下身去的时候，她露出了灿烂迷人的微笑，他发现她美丽的睫毛下流出了泪珠。“你是为我哭吗?”他轻轻地说。“噢，不要哭，你这天底下最动人的女子。如今我真正开始懂得天国的幸福了，我的灵魂深处，我的每一丝思想都能触摸到它的。新的生命终于在我心中诞生了。一刹那这种幸福胜过那无尽的黑暗和令人难过的悲伤。”他俯下身来吻了她眼中的泪珠，让他的嘴唇贴上了她的嘴唇。

一声雷鸣过后，既响亮又十分的可怕，撕裂了天空中颤动的空气。他四周的一切化为了废墟。那漂亮的可爱仙子，那美丽的花园渐渐地下沉。王子在黑夜中眼看着它沉了下去，直到花园在他下面遥远的地方就像颗星星那样的闪亮无比。这时候他感到身上一阵死亡般的寒冷，他的眼睛闭上了，他现在已经没有了知觉。

当他醒来时，刺骨的寒雨正向他袭来，大风吹着他的头。“上帝啊！我做了什么啦?”他叹气说，“我像亚当那样犯了罪，天国花园又一次陷落到地下去了。”他睁开了双眼，同时也看到遥远的璀璨繁星，但那是天上的晨星在黑暗中的闪光，而不是天国花园里的。

他连忙站了起来，发现自己在林中的深处，靠近着风口，风的母亲正坐在他的身旁。她的样子异常的生气，说完这话时将一只手还举到了空中。“才第一个晚上！”她说。“是的，这件事我早就料到了！要是你是我的儿子，你也应该到那个口袋里去的。”

“他无论如何最后仍然是要到那里去的，”一个强壮的老人说，他生着一对黑色的大翅膀，持着一把镰刀，他的名字叫作死神。“他将被放进他自己的棺材，但时机还不成熟。我让他到世界上走一遭以便去赎他犯过的罪行，给他时间让他变好一些。可在他最无法预料我去的时候我会回来的。我会把他放在黑棺材里，将它顶在头上，带着它飞到那些星星上去。那里也有一个天国花园，开满了鲜花，要是他人既好又虔诚的话，他将会被接受的，但要是他的心中充满罪恶的话，那么他的棺材将比那个已沉下去的天国花园沉得还要深。每一千年我到他那里去一次，他要么被罚沉得更深一些，要么被送到星星上面的那个世界过上更幸福惬意的生活。”

# 鹳　鸟

在一个小城市的最边缘的一座房子上，有一个鹳鸟窠。里面住着鹳鸟妈妈和她的四个小孩子。他们伸出他们的小脑袋和小小的黑嘴——因为他们还小呢，所以嘴还没有变红。在屋脊上不远的地方，鹳鸟爸爸在直直地站着。他把一只脚缩回去，为的是要让自己明白站岗不是轻松的事。他站得那么直，人们很容易误认为他是木头雕的。他想："我的太太在她的窠旁边有一个站岗的，可真是有面子了。谁也不会想到，我就是她的丈夫。人们肯定以为我就是请来这儿站岗的。这可真是太美了！"于是他就用一只脚一直站下去。

在房子前边的路上，有一群小孩子在玩耍。当他们看到房顶上的鹳鸟时，他们中间最勇敢的一个孩子——过了一会儿所有的孩子——就唱出一支关于鹳鸟的古老的歌。不过他们好像不记得歌词了，就唱着他们所熟悉的那一点：

鹳鸟，鹳鸟，快点飞走；
去呀，今天是你待在家里的时候。
你的老婆在窠里睡觉，
怀中搂着四个小宝宝。
老大将会被吊死，
老二将会被打死，
老三将会被烧死。

老四将会落下来摔死！

“你们听听这些孩子唱的都是什么呀！”小鹳鸟们说，“他们说我们会被吊死和烧死！”

“宝贝们你们不要管这些事儿！”鹳鸟妈妈说，“你们别理他们，你们不会有什么事的！”

小孩子们一边唱着一边用手指着鹳鸟。只有一位名字叫彼得的孩子说嘲笑动物们也是一桩罪过，所以他没有和其他的孩子一起唱。

鹳鸟妈妈显出一副无所谓的样子安慰着她的孩子们说：“孩子们，你们完全不用理会他们唱的是什么，”她说，“你们应该向你们的爸爸学习，你们看看爸爸站得多么沉稳，而且他还是用一条腿站着！”

“可是我们很害怕。”小鹳鸟们齐声说，同时把头紧紧地贴在妈妈的怀里。

第二天那些孩子们又出来玩耍，又看到了这些鹳鸟。他们开始唱道：

老大将会被吊死，
老二将会被烧死——

“我们真的会被吊死和烧死吗？”小鹳鸟们唧唧喳喳地说着。

“不会，当然不会的，”妈妈说，“你们一定要学会飞，我来教你们练习吧。这样我们就可以自由自在地想上哪儿就去哪儿，我们可以飞到草地上去，拜访拜访青蛙。他们肯定会在水里对我们敬礼，还唱着歌：‘咽——咽！咽——咽！’然后趁他们不注意的时候我们就把他们吃掉，那才够痛快呢！”

“那以后怎么办呢？”小鹳鸟们问。

“以后全部的鹳鸟——这个国家里全部的鹳鸟——将全体集合起来，于是秋天的大演习就开始了。这时大家把自己的本领都展现出来了，都认认真真地飞，这是非常重要的。如果谁飞得不好，将军就会用嘴把他啄死。所以演习一开始，你们就要认真地学习。”

“到那时候，像那些小孩子们唱的一样，我们就会被打死了——你们听吧，他们又开始唱了。”

“你们要听我的话，不要听他们的话，”鹳鸟妈妈说，“在这次大演习结束以后，我们就要飞到温暖的国度里去，我们会进行一次长途旅行，这对我们来说将是巨大的考验，越过高山和树林飞过大河和湖泊。我们将飞到埃及去。那儿有三角的石头房子——这些房子的顶是尖的，高高地都耸入云霄里了。这些房子名叫金字塔，它们经历过不知多少年的风吹和雨打，它们的生命力是顽强的。这国度里有一条河。有时它溢出了河床，弄得整个国家到处是泥泞。这时我们就可以在潮湿的小水滩里找青蛙吃。”

“哦！”所有的小鹳鸟齐声说。

“是的！那地方真是享受！人们一天什么事情都不用做，只要吃好喝好就行。当我们在那儿享福的时候，这儿的树上光秃秃的，树叶全掉光了。这儿的天气会非常寒冷，连云块儿都冻成了小片儿，落下来像漫天飞舞的柳絮！”

她的意思是指雪，不过她没有办法表达清楚。

“那些调皮的孩子也会冻成小片儿吗？”小鹳鸟们问。

“不会的，他们不会冻成小片儿的；不过他们跟那也没什么两样。他们只得乖乖地待在屋子里，愁眉苦脸。相反地，你们却飞到遥远的国度，那儿鸟语花香，有和煦的太阳光！”

这次以后，很长一段时间过去了。小鹳鸟已经长得很大了，可以在窠里站得起来，并且总是向四周张望。鹳鸟爸爸每天飞回来的时候总是带着好吃的青蛙、小蛇以及各种各样的鹳鸟吃的山珍海味。啊！当他在他们面前逗他们玩的时候，他们是多么的开心啊！鹳鸟爸爸把头一直弯向尾巴上去，把嘴弄得砰砰地响，像是在奏乐。接着他就给他们讲故事——都是关于沼泽地的故事。

“听着，现在你们长大了，得学着飞，不仅要会飞，还得练坚强的毅力！”有一天鹳鸟妈妈说。四只小鹳鸟也得走出窠来，到屋脊上去。啊，他们走得太不稳了！他们把翅膀张开来保持平衡。虽然如此，他们还是快要摔下来了。

“你们看我怎么做！”妈妈说，“你们要这样把头翘起来！你们要这样把脚伸开！一、二！一、二！你们要想在这世界上活下去就得要练就一身过硬的本领！”

于是她飞行了一段短短的距离。这些小鹳鸟笨拙地也跟着跳了一下。砰！——他们掉下来了。因为他们的身体太笨重了。

“我不要飞了！太难了！”一只小鹳鸟说，说着又钻进窠里去，“为了飞到温暖的国度还要吃这么多苦，我宁愿不去了！”

“你连这点苦都受不了，难道当冬天到来的时候，你想在这儿挨饿受冻吗？你想让那些小孩子来把你吊死，烧死，烧焦吗？我现在可要叫他们来啦！”

“哦，不要叫，我听你的话！”这只小鹳鸟说着像别的小鹳鸟一样，又跳到屋顶上来了。就这样练了三天他们能够真正飞一点儿了。于是他们就有点骄傲了，还以为他们全都可以在空中坐着，在空中休息了。他们试了一下，可是——砰！——他们翻下来了，所以他们又得赶忙拍着翅膀。正在这时那些小孩子们又走到街上来了。他们唱着歌：

鹳鸟，鹳鸟，快点儿飞走！

“我们飞下去把他们的眼珠啄出来好吗？”小鹳鸟们问妈妈。

“不行，”妈妈说，“别管他们！听我的话——这是比什么都重要的事情！一、二、三！——你们跟着我向右飞！一、二、三！——现在你们跟着我向左绕着烟囱飞！看见了吗，这样飞好多了！你们的翅膀最后拍的那一下子非常好，非常利索，明天我可以带你们和我一起到沼泽地去！有好几个可爱的鹳鸟家庭都带着他们的孩子到那儿去。让我来看看，我的孩子们是最漂亮的。把头都昂起来，这样才好看，这样才能得到别人的钦佩！”

“不过，对那些顽皮的孩子，我们不教训他们一下吗？”小鹳鸟们问。

“他们爱怎样叫就让他们怎样叫好了。当他们冻得瑟瑟发抖的时候，当他们连一片绿叶看不到或连一个甜苹果也没得吃的时候，你们已经翻山越岭，飞到金字塔的国度里去了。”

“是的，我们要教训他们一下！”他们互相耳语着。于是他们又开始练习。

在那些街头的调皮孩子中，最不好的是那个最喜欢唱着嘲笑人的歌的孩子。那些讽刺、嘲笑的歌就是他带头唱起来的，而且在他们中间他是最小的孩子哩。他还不到六岁。小鹳鸟们肯定地相信他有一百岁，因为他比鹳鸟爸爸和妈妈不知要大多少。其实他们怎么会知道小孩子和大人的岁数呢？他们要向这个孩子报仇，因为带头唱歌戏谑他们的就是他，而且他不停地在唱。小鹳鸟们非常地生气。他们越长大，他们就越受不了这种歌。最后妈妈只好答应准许他们报仇，但是他们必须答应她，等到他们住在这国家的最后一天才能实施行动。

“我们得先看看你们在这次大演习中的表现怎么样，如果你们的表现很坏，弄得将军不得不用嘴啄你们的前胸，那么那些小孩子说的话就是正确的了，至少在某些方面是这样的！我们看吧！”

“是的，你看吧！”小鹳鸟们齐声说道。于是他们把全身的力气都使出来了。他们每天刻苦练习。他们飞得特别有序和轻松自如，即使看上他们一眼都是非常快乐的事情。

现在已经到了秋天。全部的鹳鸟开始集合，准备在我们过冬的时候，向温暖的地方飞去。这是一次非常重要的演习！他们得飞过高山和大河，看看他们到底能飞得多好。它们清楚这是一次大规模的飞行。这些后来居上的年轻的鹳鸟们都飞出了很好的成绩，得到了“善于捉青蛙和小蛇”

的好评。这在比赛中算是最高的嘉奖了。他们能吃掉青蛙和小蛇，事实上他们也这样做了。

“现在到我们报仇的时候了!”他们说。

“是的，你们说得对!”鹳鸟妈妈说。“我现在想出了一个很好的办法！我知道有一个水池，里面睡着很多婴孩。他们在等待我们来把他们送到他们的父母身边去。这些可爱的婴孩在睡着做些美好的梦——做了些他们以后再也不会做到的美好的梦。所有的父母都盼望能拥有这样一个孩子，而所有的孩子都希望自己有一个姊妹或兄弟。现在我们就飞到那个池子里去，送给那些没有唱过讥讽人的歌或讥笑过鹳鸟的孩子每人一个兄弟或妹妹。那些唱过的孩子什么也得不到!”

“不过那个带头唱的孩子——那个最调皮的丑孩子!”小鹳鸟们都大声叫出声来，“对他我们怎样处置?”

“那个池子里还有一个死孩子——一个做梦做死了的孩子。我们就把这个死孩子送给他吧。那么他就会非常伤心，因为我们带给他一个没有灵魂的肉体，不过那个好孩子——你们应该没有忘记吧——他说过：‘讥笑动物是一桩罪过!’好人应该得到更好的回报我们将特地送给他一个弟弟和妹妹。因为他的名字是叫作彼得，你们大家也叫彼得吧!”

她所说的这句话大家都应允了。以后所有的鹳鸟都叫彼得，他们一直把这个名字沿用下去。

# 荷马墓上的一朵玫瑰

东方所有的歌曲都歌颂着夜莺对玫瑰花的爱情。在星光闪耀着的静谧的夜里，这只有翼的歌手就为他芳香的花儿唱一首情歌。

离斯米尔那不远处，在一棵高大的梧桐树下，商人赶着一大群驮着东西的骆驼。这群骆驼骄傲地昂起它们长长的脖子，笨重地在这神圣的土地上迤丽前行。我远远看到开满了花的玫瑰所组成的篱笆。野鸽子在枝叶繁茂的树林间飞翔。当太阳光照射到它们身上的时候，它们的翅膀发出一闪一闪的光，像珍珠一样。

玫瑰篱笆上有一朵花，这朵花美得一眼就能看出与众不同。夜莺对它唱出他的爱情的悲愁。只是这朵玫瑰低着头一句话也不说，它的叶子上连一颗作为同情的眼泪的露珠都没有。它只是面对着几块大石头弯下它的枝头。

“这儿躺着一个世界上最伟大的歌手！”玫瑰花说，“我在他的墓上散发出阵阵扑鼻的香气；当狂风暴雨来临的时候，我的花瓣儿撒落到它的身上，这位依里亚特的歌唱者变成了这块土地中的土壤，我从这土壤中发芽和生长！我是荷马墓上长出的一朵玫瑰。我简直太神圣了，我不能只为一个很平凡的夜莺开出花来。”

于是夜莺就一直唱一直唱，直到死。

赶骆驼的商人牵着驮东西的牲口和黑奴走了过来。他的小儿子看到了这只死鸟。他小心地捧起这只小小的歌手埋到伟大的荷马的墓里。那朵玫瑰花在风中摇曳着。临近傍晚了。玫瑰花紧紧地收缩起它的花瓣儿，做了一个梦。

它梦见一个天空晴朗、阳光和煦的日子。一群外地人——佛兰克人——来拜谒荷马的坟墓。在这些外地人中有一位歌手；他来自北国，来自云块儿和北极光的故乡。他小心翼翼地摘下这朵玫瑰，把它夹在一本书里，于是把它带到世界的又一个地方——他的辽远的祖国里来。这朵玫瑰在悲哀中干枯了，安静地躺在这本小书里。有一次他打开这本书，说："这是从荷马的墓上摘下的一朵玫瑰。"

这就是这朵花做的一个梦。她被惊醒了，在风中颤抖。于是一颗颗晶莹的露珠从她的花瓣儿滚到这位歌手的墓上去。太阳露出了笑脸，天气渐渐暖和起来，玫瑰花开得比以前更加灿烂。她是在温暖的亚洲。这时从远处传来了脚步声。玫瑰花在梦中见到的那群异地人来了；他们中有一位北国的诗人：他摘下了这朵玫瑰，在它新鲜红润的嘴唇上轻轻地吻了一下，就把它带到云块儿和北极光的故乡去了。

这朵玫瑰花的躯体像木乃伊一样，现在静静地躺在他的依里亚特里面。就像在做梦一样，听到他翻开这本书，说："这朵玫瑰是长在荷马的墓上的。"

# 梦 神

世界上有一位极会讲故事的人，他的故事总讲不完，你是否非常迫切地想知道他的姓名呢？告诉你好了，他叫奥列·路却埃。

夜幕降临了，孩子们吃过饭正在一旁玩闹，奥列·路却埃来了。他走路时没有声音，因为他只穿着袜子。他走上楼梯，轻手轻脚地推开了门，手里变出了一个非常精巧的玻璃瓶，他往孩子们的眼睛里喷了一点白色的东西，甜甜的，仿佛是牛奶。只需一丁点儿，他们的眼睛就渐渐地闭上了，这样孩子们就完全看不到他了，接着，他用嘴小心地吹孩子们的脑袋，他们一个个都觉得头晕晕的，总想睡觉。他们困了，就上床睡觉去了。奥列·路却埃非常喜爱小孩子，他刚才做的这些事对他们毫无伤害，就是想让孩子们都安静下来，准备给他们讲故事。

奥列·路却埃是一个有正义感的人，他有许多伞，有的上面什么都没画，有的绘着各式各样的美丽图案。对一些读书认真刻苦、品德优秀的孩子，他会为他们撑开一把漂亮的伞，让他们整个晚上都能在美梦中甜美地睡着。对那些淘气的孩子，他会给他们打开一把普通的伞，让他们整夜睡得稀里糊涂，当第二天清晨醒来以后，好像什么都没有发生过。孩子们睡着了，奥列·路却埃在他们的床边慢慢地坐下了。他的衣服是丝绸做的，非常漂亮，但颜色非常不好辨别。因为他每转动一下身子，衣服就会变一次颜色，一会儿黄，一会儿紫，一会儿绿……

这周，奥列·路却埃来给一个小男孩讲故事，他叫哈尔马。每个礼拜有七天，因此他讲了七个故事，那让我们也品味一下他的那些优美的故事吧！

星期一

哈尔马刚完成作业，奥列·路却埃就来了。他将哈尔马抱到小床上后给他打开了一把漂亮的伞。因此，花盆里的花儿都发生了变化，它们渐渐地变大了，不久就长成了参天大树，长长的树枝从屋顶上沿着墙壁伸展到各处去，树枝上开满了色彩缤纷的花朵，飘出浓郁的芬芳，整个房间变成了一个美丽的花亭。那些金光闪闪的果子散发着非常迷人的芳香，使人禁不住想摘下来吃。哦！它的味道实在太棒了，比果子酱还好吃百倍呢！松软的面包张开了口，露出了里面的果脯。这一切实在是太美了！可这时却发出了一阵哭闹声。奥列·路却埃非常奇怪，顺着声音找过去，原来是桌子的抽屉里发出的动静，里面有哈尔马的作业本。

他拉开抽屉，发现一块写字石板在伤心地扭动着，因为里面跑来一个错误的数字，其他的几个数字跟它打了起来，把石板马上就要打残废了。写石板用的那支粉笔非常想帮忙，可它被根绳子系住了动弹不得，无奈地在那里跳来蹦去，仿佛一只小蚱蜢。随后，哈尔马的练习簿中又发出一阵哀鸣声。奥列·路却埃翻开它，每一页的大楷字母和旁边的小楷字母都各自按照顺序排列直行，这是练字的范本，它们身下有许多和它们一样的字母。这就是哈尔马练习的字，它们一个个踉踉跄跄地、散乱地站着。

“你们就得向我们学习，挺直腰板，站成一排，你向前移，你朝后挪。”练习范本吩咐着这些字母。

“我们也想昂头挺胸，精神抖擞，但他把我们都弄成现在这个样子了啊。”哈尔马写的字母抱怨道。

“那就干脆给你们来点药吃好啦！”奥列·路却埃说。

“哦，我们可不需要。”它们全都又哭又叫，于是一个个都挺直了腰板，让人看起来舒服多了。

“看来我的故事今天只能讲到这儿了，我如今要教训一下这些该死的不成体统的字母。一、二！一、二！”他喊着口令，它们一个个乖乖地队列整齐，非常精神，跟练习范本的字母一模一样。不过，第二天，哈尔马起床以后看它们时，它们一个个又恢复了原来的模样，还是那样乱七八糟。

星期二

哈尔马睡着了。奥列·路却埃再次拿出他那个不同寻常的小瓶子，给屋子里的每一样东西都喷了一点儿，随后，一个茶话会开始了。家具首先发言了，它大讲它怎么出身名门，每日里都有佣人为它洗脸。椅子也讲它如何身世显赫，身穿天鹅绒的衣服。每一样东西都在谈论着，唯独痰盂站在那里一言不发。它在生气，认为它们都极其自私、虚荣，都在为自己打算，显示着自己，却忘了站在墙角的它。它是多么谦虚呀，人们把痰吐到它身上，可它从来不炫耀自己的成绩。

墙壁上挂着一幅优美的风景画，它嵌在金色的框架里。画面上有很多富丽堂皇的宫殿，一条大河环绕着它，弯弯曲曲地东流入海。河岸上有一株高大茂密的古树，草丛里群芳争艳。

奥列·路却埃同样在这上面喷了一点儿神奇的药水，于是那些原来没有生命的东西也都有了生命。河水欢快地流淌着，树枝微微地摇动着，鸟儿唱起甜美的歌儿，天空上的朵朵白云在这片风景上掠过。奥列·路却埃将小哈尔马抱到框架上去，他将脚伸进画里面，伸到草地上去，接着他就站到里面去了。明媚的阳光倾洒在他身上，河边漂着一条小船，船体红白相间，鼓满的风帆泛着银光。他迅速地跑上前去，坐到这条小船上。这时天空中飞来六只优雅的天鹅，它们头戴王冠，额上有一颗耀眼的宝石，拖着小船来到一片浓密的森林里。这个地方的植被仿佛都会说话，老松树给他讲了一个巫婆与一个强盗的故事，花儿给他讲了一个漂亮小精灵的故事，还讲了一些从蝴蝶那里听来的故事。

成群的美丽奇特的鱼儿在船儿左右玩耍着，它们的鳞片闪出颜色各异的光芒。它们欢乐地跳出水面，随后又返回水里，发出“扑通、扑通”

的响声。许多大小不一的鸟儿站成很长的两行队列尾随船后。蝴蝶在空中轻歌曼舞，一只金龟子说：“我们每个都要跟着哈尔马，我们都能讲故事，他每天都可以听到一个十分有意思的故事。”

森林实在太大了，有时又黑又深，有时又特别的亮。忽然哈尔马眼前呈现出了一座大理石砌成的宫殿，它是如此的雄伟！玻璃砖的阳台上摆满了非常艳丽的鲜花。几位美丽的小公主站在上面，她们每个都是哈尔马的伙伴。每位小公主都伸出一只娇嫩的小手，上面托着一只大而肥的糖猪。哈尔马从此地经过时，伸出手去拿糖猪，但小公主们的手握得很紧，就是不给哈尔马，最后，哈尔马得到了大部分，而公主们只剩下了一小部分。每个宫殿上面都站立着一位小小的王子，他们拿着金光闪闪的刀，向哈尔马撒下数不尽的糖果和士兵，他们真是太慷慨了啊，不愧为王子啊！

哈尔马坐着船漂过很多著名的城镇，最后到了一个城市的中心。这是他保姆居住的城市。在他非常小的时候，她总是把哈尔马抱在怀里，她非常地怜爱他，她在向哈尔马招手致意，同时念起了一首诗，这是她专门为哈尔马编的：可爱的哈尔马，我始终无法把你忘怀。

在你是一个小宝宝的时候，我是多么喜欢吻你粉嫩的脸蛋，

吻你的眼睛和小嘴，

可爱的小家伙，我实在太想念你了！

我听到了你牙牙学语的声音，

可我却不得不离你而去。

愿你生活得快乐，上帝将来肯定会帮你。

你是天上降下来的一个安琪儿。所有的鸟儿都在欢唱着，花儿在梗子上跳着舞，树木们纷纷点头表示致意，奥列·路却埃仿佛在给它们讲故事。

星期三

哈尔马在睡梦中还听到了外面轻轻的雨点声。嗬！外面的雨下得好大

呀！当奥列·路却埃推开窗户想看清楚的时候，院子里在顷刻之间形成了一个宽阔无比的湖泊，水差不多到了窗槛上。一条美丽的小船停在房子旁边。

“小哈尔马，你想去外国看看吗？今晚你就可以和我一块儿航行到那里，早上天一亮，我们就回来啦！”奥列·路却埃问他。

哈尔马二话没说就同意了。他专门穿了一身漂亮的衣服，平时只有在礼拜日的时候，他才会穿成这样。他跟奥列·路却埃一起坐进船舱里，他们穿过几条宽阔的街道，又绕过尖顶的教堂，接着驶出城市到了无比宽阔的大海里。小船鼓帆航行着，走了好久，最后连村庄也看不见了。一大群鹳鸟在天空中远行，它们要飞往遥远的埃及，飞到那个温暖的国家去。它们逐次排开，排成了一字行。它们已经飞了很久了，有一只鹳鸟太累了，不久就落在队伍的后面了，成了最后一只。它努力拍动翅膀，可这毫无用处，它从空中掉了下来，脚碰到了帆索，因此，从帆片上滑了下来，很荣幸地掉到了船的甲板上。

一位船手将它拎起来，扔进鸡屋里面。这里住着吐绶鸡、鸭子还有母鸡们。这只可怜的鹳鸟来到了一个它完全不熟悉的房间里，对这些朋友极为陌生，它一语不发呆呆地站在那儿一动不动。

“你们快来瞧瞧这位新朋友吧！”母鸡们说。

于是那只雄吐绶鸡昂头挺胸，一副居高临下的架势，非常轻蔑地说：“你是何人，从何处来？”鸭子们呼啦一声都退到了一边，一边推着他：“快说！快说！”

鹳鸟向它们讲明了身份，然后告诉它们它打算到温暖的埃及，那里有美丽的金字塔，广阔无边的沙漠上有很大的鸵鸟在奔跑，它们看起来就如同野马。不过对鸭子们说这些，无异于是对牛弹琴，它们完全不明白。所以，它们彼此嘀咕了一会儿：“我们一致认为它是一个笨蛋！”

“你们讲得太对了，它确确实实不聪明。”雄吐绶鸡说完，哈哈大笑起来。他的同伴们也都大笑起来。

鹳鸟不得不停下来，它还是不吱声地站在那里，心里思念着埃及。

“你的那双腿瘦瘦长长的，倒是挺好看。请问，它们能卖一匹伦吗?”雄吐绶鸡说。那些家伙又哈哈大笑起来。但鹳鸟毫不生气，它就当自己是聋子。

“你不认为这话非常幽默吗？你可以表示一下你的心理感受啊。你如此沉默不语，是不是觉得我的话极为难听呢？看来它是一个没文化的人，我们还是独自去偷欢吧。”雄吐绶鸡对鹳鸟说。随后它们叽叽嘎嘎地又吵闹了起来，乱七八糟的，不成体统，可它们还自认为风趣得很。

哈尔马对它们的行为非常不满，他走到鸡屋旁边，打开了后门，对鹳鸟喊了一声，鹳鸟跳到了甲板上。经过刚才的休息，它现在好像精神多了。它向哈尔马点点头仿佛是表示感谢。接着展开双翅，一下子飞到天空中，向温暖的国度飞去。母鸡和鸭子们仍然叽嘎叽嘎地乱叫着，而雄吐绶鸡看到此情景好没面子啊，傻傻地站在那儿。

“明天我就将你们做成烤鸡和烤鸭吃。”哈尔马说。接着他就醒了，发现自己依旧躺在床上。奥列·路却埃这晚让他做的梦倒蛮有意思的。

星期四

奥列·路却埃准时来到哈尔马的床前对他说：“我给你弄来了一只小老鼠，你不要害怕，它十分惹人喜爱。”他说着伸开了手掌，上面趴着一只黑色小巧的动物。“今天夜里有两只老鼠打算成婚了啊，它是来邀请你作为贵宾去加入它们的盛大仪式。它们就生活在你家房子的地下室里，那儿对于它们而言，应该是一个十分欢乐舒服的家。”

“可我的个头太大了，如何钻进那小小的老鼠洞里去呢?”哈尔马问。

“这个简单，我可以把你缩小一些。”奥列·路却埃说。

随后他拿出小玻璃瓶向哈尔马身上洒了点儿神奇的药水，他慢慢地变小了，结果变成手指头那么大。

“参加社交场合应该有一身看得过去的衣服，我给你定做了一身士兵的制服，你穿上以后绝对特别精神。”奥列·路却埃说。

“太棒了!”哈尔马非常高兴地说。他穿上制服以后很像一个真正的士兵。

“请坐到你妈妈的顶针上，我们一起进去吧。”老鼠小姐温柔地说。

“竟然要劳驾这样美貌的小姐。”哈尔马说。说完他们向地下室走去。

他们来到一条又窄又长十分狭小的通道里，刚好让他们能够通过。墙壁上点燃了火把，迎接贵客的到来。

“你在这儿是否能闻到一点儿香香的味道？因为这条路全部用腊肉皮擦过，这样的香味简直是太好了啊，实在是一种美味的食物。”老鼠小姐说。

拐了个弯，他俩就到了一间十分宽敞明亮的大厅，老鼠们分成两排，女士们都站在右边，有的咬耳交谈，有的彼此打逗。男士们站在左边，他们不断地用前爪捋着他们的小胡须。新郎和新娘穿着美丽的礼服出来了。大厅的中央放着一个空的饼干盒子，他俩站在上面十分幸福地拥抱在一起，深情地亲吻着，久久不肯分开，但这实际上也不算什么伤风败俗的事，因为他们已订过婚了，而且马上就要进洞房了。

这对儿新人立于大厅的门口迎接来宾，客人们不断地走进来，这儿地方非常狭窄，人们都挤在这里，进不来，也不好出去，排起了长队，就如同那条通道。每个人简直能把对方踩死。大厅里同样也用腊肉皮擦了一遍，感觉到处都亮晶晶的。招待客人的食物就是这点腊肉皮，主人也认为太寒酸，又端出一碟豌豆做点心。这家的一只小老鼠很有创意地在顶上的一颗豌豆上啃出了这对新婚夫妇名字的首字母，这倒是一个很有趣的行为。不过，所有的来宾都觉得婚礼举办得非常隆重，招待得也极为周到，他们很满意。

哈尔马坐着顶针由那位老鼠小姐送回家中，这实际上也是自己第一次参加这样的社交场合啊，不过是参加老鼠的婚礼，而且他要把自己变成指头大小才可以进入，另外还穿上了士兵的制服。

星期五

这天夜里，奥列·路却埃对哈尔马说：“我要是说有许多成年人同样愿意和我待在一起，你绝对不会相信。但实际上还真就是这么回事，尤其那些做过坏事的人们。他们只是恳求我帮助他们美美地睡上一觉。因为他们整夜躺在床上，完全合不上眼睛，他们做的丑事仿佛就在他们眼前，这些肮脏的行为像小鬼，坐在床旁让他们胆战心惊，于是他们宁愿出钱让我赶走那些小鬼。而我也不是只为了挣钱才做这样的事。”

“今晚有什么精彩故事呢?”哈尔马问。

“今天夜里又将举行一个婚礼。是你妹妹的两个玩偶马上要入洞房了啊。新郎名叫赫尔曼，新娘名叫贝尔达。还有，今天还是新娘的生日，因此他们会收到许多礼物。这实在是一个值得纪念的日子啊!”

“这件事我清楚。”哈尔马说，“每当我妹妹兴高采烈时，她就会为这些玩偶穿上新衣服，为他们庆祝生日，要不就为他们举行一场婚礼，这种事并非只发生过一次，早已有百八十次了啊。”

“不错，今夜这场婚礼是第一百零一次。它非常隆重、华丽，因为这很可能就是最后一次了，将来再也不会有了，你可不要错过哦。”奥列·路却埃说。

新郎和新娘站在桌子中央，他们身后是一座纸做的新房。哈尔马发现士兵们笔直地站在两侧。幸福的新人低着头好像在考虑着什么。婚礼的主持人是奥列·路却埃，他身穿一件祖母穿过的黑色裙子，婚礼仪式结束后，屋里所有家具唱起一支动听的歌，词作者是知识广博的铅笔先生。士兵们击鼓为之伴奏，于是它们唱出：“我们甜美的歌声就像一缕缕轻轻的微风，飘进新郎新婚的洞房中。”他们如同棍子笔直地站着，祝福这对用手套皮制作的新人幸福快乐!

接着，他们向两位新人赠送礼品。新郎新娘打算把爱情当作生活下去的食物，因此，他们不会接收这样的礼物。

“我们去什么地方度蜜月呢?去乡下还是国外呢?”新郎问新娘。

“我们可以先去问问常去旅行的燕子和那位生了五个孩子的老母鸡，

听听他们如何说？到时再去决定也不迟。”新娘说。她是一个非常聪明的女人。

燕子说：“还是去国外旅行好。那些温带国度环境非常优美，而且空气新鲜、气候温和，蔚蓝的天空清澈极了，浓郁的树林和山峦一直延长到海洋深处，庄园里生长着各式各样的植物，一串串绿色、紫色的葡萄沉甸甸地低垂着，还有金黄色的橘子以及红红的苹果，那里有许多我们以前所没见过的场景。”

“但是那里没有绿绿的油菜呀！”老母鸡说，“曾经很长的时间我和孩子们住在乡下的农舍里，屋子的附近有一个沙坑，我带着孩子们经常去那里嬉闹。不远的地方是菜园，园子里长满了油菜，我们得到主人同意能够自由进出。啊！那个地方简直是太美了啊！我再也想象不出比这更让人流连忘返的地方了啊！”

“但那些油菜的梗子，有的粗，有的细，各不相同。”燕子说，“况且这里的天气经常是一会儿一个样的！”

“什么事情都是习惯成自然。”老母鸡说。

“可这里的冬天确实是太让人无法忍受了啊。”燕子说。

“但这里并非只有冬天呀！其他的三个季节依然是非常暖和的，尤其夏天。我记得四年前的夏天尤其炎热，就连喘气我们都会觉得很费劲儿，还有我们这里治安非常好，从来没发现过坏人抢东西的事情。再就是这里的动物也性情温和。我们国家是个最美丽、环境最美好的国家，要是有哪一个人不这样认为，那么他就是一个无可救药的坏蛋，他也不配在此地！”老母鸡激动地说，“别以为我没有出去旅行过，我以前还坐一辆卡车走过一百多里的路，但感到没什么意思。”老母鸡说。

“老母鸡说得很对。事实上我对上山去旅行也不怎么感兴趣，费尽力气爬上去，看一会儿风景又要爬下来，没啥乐趣可言的。我们还是听听这位老女人的意见，因为她很聪明。我们先去门外的沙坑里逛逛，接着再到油菜田看看好啦！”新郎说。

随后，一切就这样确定了下来。

星期六

小哈尔马躺在床上，自言自语着：“今天夜里我又会做一个怎样的美梦呢?”他满腹疑问地闭上眼睛睡着了。

奥列·路却埃静悄悄地过来了，他在小哈尔马的脑袋上打开了一把非常绚丽多彩的雨伞。整个雨伞看起来就如一个中国的大碗，上面有白色大理石的拱桥、清澈透明的河水，岸边是浓郁的树林，几个中国人站在桥上欣赏周围的风景。“你今晚就欣赏一下这几个中国人吧！今天夜里我可没时间给你讲动听的故事了，因为我有一件重要的事情要去做。”他对小哈尔马说。

“明天是礼拜日，人们都要衣着整齐地去教堂做礼拜。这可是一个非常圣洁的节日，因此，我们要把整个世界洗刷得一尘不染。我要去教堂的尖顶，告诉那里的小精灵将钟擦一下，好让它们的声音更加洪亮。我还要去广阔的田野，瞧瞧风儿是否已经将所有植物上的灰尘打理干净。最后一件工作最为艰巨，我要把天上的星星，也都拿下来擦一下，以便它们更明亮些。但我得事先记住它们的洞口号码，以及它们自身的编号，以便使它们能够回到原来的位置，要是放错了地方，它们就会由于嵌不稳，而掉下来变成漫漫长夜的流星。”

这时挂在墙壁上的一幅老画像开了口。他对奥列·路却埃说：“我是哈尔马的曾祖父，我感谢您给孩子讲了许多美丽、好听的故事啊。可您不应该对他说将星星摘下来、擦亮的事儿。那些星星就跟我们的地球一样是一个球体，而且非常大，只不过它们离我们地球实在是太远了啊，因此，瞧上去才会非常的小而已。您如此行事会让他头脑里形成一个错误的概念。”

“噢，亲爱的曾祖父，您是这一家的始祖，是我至今最尊敬的一个。对于您说的话我诚恳地接受。我是一个异教徒，希腊人和罗马人都称我为梦神，我比您还要老，对于不同的听众，我知道该讲什么样的故事。无论是形象最高大的伟人还是十分丑陋的人，只要他们是善良、诚实的，在我面前都会得到公平的待遇。好了，如今请您继续讲吧！”奥列·路却埃说完，收起那把伞离开了。

“唉，现在的世界真的不一样了啊，我无非提点儿意见，可这都不允许！”曾祖父气愤地说。正当他发牢骚的时候，哈尔马醒来了。

星期日

哈尔马睡觉以前将曾祖父的画像翻转了过去，使他面朝墙，这样一来他就不能干涉自己的好梦了。当奥列·路却埃将他抱到自己的床上后，他说：“今天晚上我听听一只公鸡向一只母鸡求婚的故事，五颗青豌豆生活在同一个豆荚里的故事，以及一根缝补针将自己当作缝衣针的故事。”

“好故事听太多就会感到没什么意思啦！”奥列·路却埃说，“我今天把一个非常好的人介绍给你认识一下吧。他是我的弟弟，同样也叫奥列·路却埃。他同样也会讲故事，但他仅仅能够讲两个小故事。一个极其美丽，世人简直难以想象；另一个则非常可怕，我都不敢形容。他不管拜访什么人都只有一次，每次他来的时候，就会将这个人抱到马背上，讲故事给他听。来，你们先认识一下吧！”说着奥列·路却埃把他抱到窗前，随口说：“看到了吧！他就是我弟弟。人们也叫他‘死神’！你看他是否和我长得一样，事实上他也是一个凡人，只不过他在漂亮的骑兵制服上用银丝绣了一个骷髅的图案罢了，人们因为害怕他，便在画册中将他画成了一架骷髅，使人们感觉他挺吓人的。你瞧，他骑着马儿过来了，黑天鹅绒做的斗篷在他身后随风飘扬，瞧他多神气呀！”

哈尔马发现“死神”骑着马向他跑来了，每当他遇到一个人，就停下来问：“通知簿上写的什么？”那个人回答：“很好。”当他亲自查看一遍，情况属实后，就将这个人抱到马背上让他坐在自己坐骑的前面，给他讲一个美丽的故事。而至于那些故事的后面部分把他吓得神经兮兮，直到大声哭起来。他们想从马背上跳下来，可这是无法实现的，因为他们很快就粘在上面了。

“这位奥列·路却埃事实上挺可爱的，我根本就不怕他。”哈尔马说。

“你只要总是提醒自己做一个品学兼优的好孩子，通知簿上全都是好的评语，那么你完全不用惧怕他。”奥列·路却埃说。

“这对他倒是一番非常好的教育。看来，我的建议还蛮奏效的。”曾祖父面对着墙自言自语地说。

这就是奥列·路却埃的故事，今天晚上没准儿他就会给你讲那些故事了啊。

# 荞 麦

在一阵暴风雨过后，当你经过一块荞麦田的时候，你常常会发现这里的荞麦又黑又焦，好像被火在它上面烧过一次似的。这时种田人就说：“这是被闪电弄成这样的。”但为什么会这样呢？我可以把麻雀告诉我的话再告诉你。麻雀也是从一棵老柳树那儿听来的。这棵柳树就在荞麦田的旁边，而且现在还立在那儿。它是一棵非常值得敬仰的大柳树，不过它年事已高，皱纹很多。它身体的正中裂了一条缝儿，草和荆棘就从裂口里长出来。这树向前弯，它的枝条一直垂到地上，像又长又柔顺的绿头发一样。

周围的田里都种着麦子，长着裸麦和大麦，也长着燕麦——是的，还有可爱的燕麦。当它成熟了的时候，它看上去就像许多落在柔软的枝条上的黄色金丝鸟。这麦子立在那儿，显得很幸福。它的穗子越长得饱满，它就越显得虔诚，谦卑，把头垂下来，把身子弯得很低。

可是只有一块田，里面种的全是荞麦。这块田正好在那棵老柳树的对面。荞麦与众不同的地方就是，它的身子一点也不弯，直挺挺地立着，就是因为它的这个特点，总显出一副骄傲的样子。

“作为一根穗子，我真是长得饱满，”它说，“此外我还非常漂亮；我的花像苹果花一样美丽：谁看到我和我的花就会感到心情愉快。你这老柳树，你知道还有什么其他的比我们更美丽的东西吗？”

柳树点点头，好像它想说：“我当然知道！”

不过荞麦骄傲地昂起头来，说：

“愚蠢的树！它又丑又老，连它的肚子都长出草来了。”

这时一阵可怕的暴风雨到来了：田野里所有的花儿，当暴风雨在它们身上经过的时候，它们都把自己的花瓣卷起来，把自己细嫩的枝头儿垂下来，可是荞麦仍然直挺挺地立着不动，一副玩事不恭的样子。

“你赶紧像我们一样，把你的头低下来呀，要不然暴风雨会伤着你的。”花儿们说。

“我无须这样做。”荞麦说。

“像我们一样，把你的头低下来呀，”麦子也大声劝说道，“暴风的安琪儿快要飞来了。他的翅膀从云块那儿一直伸到地面；在你还来不及开口求情以前，他就已经把你砍成两截了。”

“对，但是我懒得弯我的腰。”荞麦说。

“把你的花儿合起来，把你的叶子垂下来呀，”老柳树说，“当云块正在裂开的时候，你千万不要望着闪电：连人都不敢这样做，因为人们在闪电中可以看到天，但是一看就会使眼睛什么也看不见的。如果我们这样做了，我们这些土生的植物会得到什么结果呢？——况且我们远不如他们。”

“远不如他们！”荞麦说，“我倒要看看，到底谁厉害。”它就这样傲慢而自大地做了。雷声隆隆的，好像整个天要塌下来似的。

当恶劣的天气停歇以后，花儿和麦子在这沉静和清新的空气中站立着，被雨洗得焕然一新。唯一不幸的荞麦被闪电烧得像炭一样焦黑。它现在成为了田里没有一点儿用的死草。

那棵老柳树在风中摇摆着它的枝条；大颗的水滴从它的绿叶上滚落下来，好像这树在掉眼泪似的。于是麻雀便问：“你为什么要掉眼泪呢？你瞧这儿一切是那么欣欣向荣：你看太阳照得多暖和，你看云块儿走得多自在。你没有闻到花儿和灌木林散发出来的芬芳的香气吗？你为什么要伤心落泪呢，老柳树？”

于是老柳树就把荞麦的骄傲、自大以及由此带来的后果讲给它们听。

我现在讲给你们的这个故事是从麻雀那儿听来的，有一天晚上我请求它们讲一个故事，它们就把这件事情讲给了我听。

# 安琪儿

“只要世界上有一个好孩子死去，上帝就会安排一个他的安琪儿飞到世界上来。他把死去的孩子抱在怀里，张开他的洁白的大翅膀，在孩子生前爱玩的地方飞翔。他摘下一大把花，把它们带到天上去，精心呵护，好叫它们开得比在人间更美丽。仁慈的上帝把这些花紧紧地搂在自己的胸前，但是他只吻那株他认为是最美丽的花。这株花于是就能开口说话，能跟大家一起唱着幸福的颂歌。”

你听，这就是上帝的安琪儿抱着一个死去的孩子飞上天时所讲的话。当孩子听到这些话的时候，就感觉在梦里一样。他们飞过了他在家里玩过的每个地方，飞过了开满鲜花的花园。

“我们把哪一朵花儿带去栽在天上呢？”安琪儿问。

他们看见一株细长的、娇艳的玫瑰，但是它的花梗已被不知是哪只恶毒的手折断了。所以它那些长满了将要开放的花苞的枝子耷拉了下来，枯萎了。

“可怜的玫瑰花！”孩子说，“我们就带走它吧。它能在上帝面前绽放的！”

安琪儿带走了这朵花，同时还因此轻轻地吻了孩子一下。孩子半睁开他的眼睛。他们又摘下了几朵漂亮的花，但也带走了几朵被人瞧不上眼的金凤花和野地里的三色堇菜花。

“现在我们有那么多花儿了。”孩子说。安琪儿点点头，可是他们并没有飞到天上去。

天黑了，夜非常静寂。他们停留在这座大城市里。他们在一条很狭窄的街上飞。街上到处堆着许多干草、尘土和垃圾，因为今天正好是一个搬家的日子。这儿还有破碎的碗盘、墙上脱落下来的泥块、烂布和破帽子——这一切都破乱不堪。

安琪儿看见在这堆烂东西中有几块花盆的碎片和花盆里面掉出来的一团干泥块儿。一大株枯萎了的野花用它的根把它和这块土维系在一起。这株花现在已经没有什么用处了，所以就被人丢到街上来了。

“我们要把这株花带走!”安琪儿说，“我在飞行的时候再把为什么要把它带走的原因告诉你。”

于是他们就飞走了。安琪儿讲了这样一个故事：

“在下面这条窄街上的一个阴冷潮湿的地下室里，住着一个被病魔缠身的穷孩子。在从很小的时候起，就一直躺在床上。他身体最好的时候，也只是拄着拐杖在那个小房间里来回地走一两次。他最多只能做到这一点。每到夏天，太阳光有几天可以照射进这个地下室的前房，每次只有半点钟的时间。当小孩坐在那儿、让温暖的太阳光暖烘烘地照在身上的时候，他就把瘦小的指头伸到面前，望着皮肤里鲜红的血液。这时人们就说：‘今天这孩子终于出来了。’

“他对于树林的认知是从春天的绿色中体会出来的。因为邻居家的孩子带给了他第一根山毛榉的绿枝。他把它高高地举在头上，梦想自己来到了一个山毛榉的树林里——这儿有太阳光照射进来，有鸟儿在唱歌。

“在一个春天的日子里，那个邻居家的孩子又带给了他几株野花。在这些野花中间，有一株很偶然地还带着根子。因此这株花就被这个穷孩子栽在一个花盆里，放在床边，紧靠着窗子。这株花是一只幸运的手所栽的，所以它就生长起来，发出新芽，每年开出花朵，成了这个病孩子心里的最美丽的花园——他在这世界上的力量的源泉。他为它浇水，悉心照料它，尽量使它得到射进这扇低矮窗子里来的每一丝阳光。

“这株花儿经常来到他的梦里，因为它为他开出了美丽的花，为他散发出芬芳的香气，使他的心灵得到些许安慰。当上帝召他去的时候，他在死神面前最后的希望就是能看一眼这株花。

“现在他住在天上已经有一年了。在这一年里，这株花在窗子上早被人们遗忘了。它已经枯死了，因此搬家的时候，就被人丢在街上的垃圾堆里。我们现在把这株可怜的、干枯了的花收进我们的花束中来，因为它给予人的快乐，远远地超过了皇家花园里面那些最艳丽的花。”

“你是怎么知道这件事的呢？”这个被安琪儿带上天去的孩子问。

“我当然知道啦，”安琪儿说，“因为我就是那个长年住在那间地下室的病孩子呀！我从垃圾堆中一眼就认出了我的花！”

孩子睁着他的一双大眼睛，注视着安琪儿的美丽幸福的脸。不一会儿，他们来到了天上，来到了和平幸福的天堂。上帝把孩子紧紧地拥在他的胸前，但是他却吻着那株可怜的、干枯了的野花。因此那株野花就有了声音。现在它能跟别的安琪儿一齐歌唱，并且能和他们一块儿飞翔了——他们有的飞得很近，有的转着圈儿飞，有的飞得很远，飞到看不见边际的远方，但他们全都是幸福的。

他们都一块儿唱着歌——大大小小的、善良快乐的孩子们，还有他们搬家那天被丢在窄巷里垃圾堆上的那株枯萎了的可怜的野花，大家都唱着歌。

# 枞 树

外边的大树林里长着一株非常可爱的小枞树。它生长的地点非常好，能得到充足的太阳光和充分的新鲜空气，附近还有许多朋友——松树和别的枞树。不过这株小枞树非常着急，它想快点儿长大，它一点儿也不搭理温暖的太阳和新鲜的空气。当农家的小孩子出来找草莓和覆盆子，在它旁边玩耍、闲散的聊天的时候，它也就当什么也没看见。有时他们带着满钵子的，或用草穿起来的长串的莓子到来。他们在小枞树旁边坐下来，说："嗨，这个小东西是多么可爱啊！"而这株树一点儿也不愿意听这话。

一年以后它长了一节；再过一年它又长了一节。因此只要知道枞树有多少节，就知道它长了多少年。

"啊，我真希望我像其他的树一样，是一棵大树！"小枞树叹了一口气说，"那样我就可以把我的枝丫向四周伸展开来，我的头顶就可以看见广袤无垠的大地！那么鸟儿就可以在我的枝上做窠；当大风吹来的时候，我就可以像别的树一样，不用担心被风刮倒了。"

它对于太阳、鸟雀，对于在早晨的彩霞和傍晚的晚霞，一点儿也不感兴趣。

现在已经是冬天了，四周的积雪闪着银光，煞是耀眼。有时一只兔子跑过来，在小枞树身上跳过去。……啊！这使它很生气呢！不过两个冬天又过去了。当第三个冬天来临的时候，小枞树已经长得很大了，兔子再也跳不到它身上，只好绕着它走过去。

啊！快点生长，快点生长，长成为大树，然后变老，只有这才是世界上最快乐的事情！小枞树这样想。

在冬天，伐木工人们拿着工具到来了，砍下几株最大的树。这样的事情每年总有一次。这株总盼望长大的枞树现在已经长得相当大了；它有点儿害怕了，因为那些堂皇的大树轰然一声倒到地上了。它们的旁枝被砍掉，就剩一根树干了，又长又瘦——人们根本无法认出它们到底是哪棵，但是它们被装上车子，被马儿拉出树林。

它们被拉到哪儿去了呢？用它们做什么呢？

在春天，当燕子和鹳鸟飞来的时候，枞树就问它们："你们知道人们把它们拉到什么地方去了吗？你们看见过它们没有？"

燕子只是摇头，它什么也不知道。不过鹳鸟好像在思索着一件事情，连连点着头，同时说：

"是的，我想是这样的！当我从埃及飞出来时，我看见许多新船。这些船上有许多美丽的桅杆；我想它们就是那些树做的。它们散发着枞树的气味。我看见过很多次；它们昂着头！它们昂着头！"

"啊，我希望我也能长大，强壮得能在大海上航行！大海究竟是怎样的呢？它是什么样儿的呢？"

"嗨，那要说起来，可不是一句两句话的事！"鹳鸟说着便走开了。

"珍惜你的青春吧，"太阳光说，"享受你蓬勃的朝气，享受你新鲜的生命力吧！"

风儿吻着这株树，露珠在它身上滴着晶莹的泪花。但是这株树完全不理会。

当圣诞节来临的时候，有许多正在茁壮成长的年轻的树被砍掉了。这些树不像枞树那么老，不像它那么大，更不像它那么性急，老想离去。这些年轻的树正是一些生命力最强的树，所以它们都能保持住它们娇嫩的枝叶。它们被装上车子，被拉出了树林。

"它们到哪儿去了呢？"枞树问。"它们并没有比我更大。是的，还有的比我还小得多呢。为什么它们枝叶不被砍去呢？它们被送到哪儿去了呢？”

“我们知道！我们知道！”麻雀唧唧喳喳地说，“我们在城里的橱窗里面看过！我们知道它们到哪儿去了！哦！它们到最豪华，最气派的地方去了！我们看到它们被放在一个很温暖的房间里，身上挂满了许多各种各样的东西——涂了金的苹果啦，蜂蜜做的糕饼啦，玩具啦，以及成千成百的蜡烛啦！”

“后来呢？”枞树问，它所有的枝子都摇晃起来了。“后来呢？后来怎么样了呢？”

“唔，以后的事我们没有看见。不过肯定美极了！”

“也许有一天我也能走上这条光荣的大道！”枞树高兴地说，“这可比在海上航行要好上几万倍啊！我真等待得不耐烦了！但愿今天就是圣诞节！现在我已经长成大树了，和去年被拉走的那些树一样！啊，我多希望我高兴地坐在车子上！我更希望我坐在那个温暖的房间里，全身装饰得漂漂亮亮！那么，以后呢？是的，以后会有更好、更美的事情到来，不然他们干吗要把我打扮得这样漂亮呢”一定会有意想不到的好事情到来的。不过会是什么事情呢？啊，我真难过！我真渴望！我自己也不清楚为什么要这样！”

“请你跟我们一起享受你的生活吧！”空气和太阳光说，“请你在自由中享受你富有生命力的青春吧！”

不过枞树什么也没有享受到。它只知道生长，生长，别的什么事也不理会。在冬天和夏天，它老是杵在那儿，发绿——阴森的绿。看到过它的人说：“这是一株很漂亮的树！”到了圣诞节的时候，它是最先被砍掉了的一棵。斧头一下一下地深深地砍进树心里去，于是它叹了一口气就躺倒到地上来了：它感到一种痛苦，一阵昏厥，它根本想不到有什么快乐。离开自己的家，离开自己生根发芽的这块地方，毕竟是很残酷的。它明白自己将永远也见不到那些从小一起长大的老朋友，周围那些小灌木林和花丛了——也许连鸟儿再也见不到了呢，别离真不是什么让人高兴的事情。

当这树跟许多其他的树在院子里一齐被从车上卸下来的时候，它才明白过来。它听到有人说：

“这是一株很好看的树儿，我们只要这一株！”

两位穿戴很整齐的仆人走了过来，把这棵枞树抬到一间漂亮的大客厅里去。四边墙上挂着很多好看的画像，在一个大瓷砖砌的火炉旁立着一个高大的中国花瓶——盖子上雕刻着狮子。这里有摇椅、绸沙发，堆满了画册的大桌子，还有价值几千几万元的玩具——至少小孩子们是这样说的。枞树被放进盛满了沙子的大盆里。不过要是主人不说，谁也不知道这是一个盆，因为它外面包裹着一层布，并且被放在一张宽大的杂色地毯上。啊，枞树抖得多厉害啊！现在将会发生什么事情呢？仆人和小姐们都来装扮它。他们把花纸剪的小网袋挂在枞树的枝子上，每个小网袋里都装满了糖果；涂成金色的苹果和胡桃核也挂在上面，就像它们本来就是生长在上面一样。此外，枝子上还安有一百多根红色、白色和蓝色的小蜡烛。跟活人一模一样的玩偶在树叶间跳来跳去，枞树从来没有见到过这样的东西。树顶上还安有一颗银纸折成的星星。这真是漂亮，格外地漂亮。

“今晚，”大家齐声说，“今天晚上它将要放出光明。”

“啊，”枞树想，“我希望黑夜快点到来！啊，我希望蜡烛马上亮起来！还有什么会到来呢？也许树林里的树儿会出来看我吧？麻雀会在橱窗面前飞过吧？也许我以后一直会在这儿吧？在春夏秋冬都有这样的打扮吧？”

是的，它所知道的就只有这些。它的不安使它经常被一种皮痛的毛病折磨，而这种皮痛病，对于树说来，其难受的程度都能比得上我们的头痛。

最后，蜡烛亮起来了。多么耀眼，多么华丽啊！枞树的每根枝子都在发颤，使得一根蜡烛烧着了一根小绿枝。这才真叫它痛得受不了啦。

“愿上帝保佑我们!”年轻的姑娘们都叫嚷起来。她们急忙把火扑灭了。

这下枞树再也不敢颤抖了。啊，这真是可怕呀！它非常害怕失去任何一件装饰品，它们发出的光芒把它弄得头昏目眩。此时那两扇门打开了，一群小孩子涌进来，好像他们要把整个的树都扑倒似的。年纪大的人很沉稳跟着他们走进来。这些小家伙站着，保持安静。不过只保持了一分钟的时间。接着他们就欢呼雀跃起来，制造出一片混乱的场面。他们围着这棵树跳舞，同时把挂在这棵树上的礼物一个也不留都拿走了。

“他们接下来会怎样呢?”枞树想，“是不是有什么事要发生?”

蜡烛烧到枝子上来了。当它们快要烧完的时候，它们便被扑灭了，这时孩子们便得到允许来掳掠这株树。啊！他们向它一窝蜂涌过来，所有的枝丫都发出咔咔的折裂声。要不是因为树顶和顶上的一颗金星被系到天花板上，恐怕它早就躺倒在地上了。

孩子们拿起漂亮的玩具在周围跳舞。谁也不再理会这株树了，只有那位老保姆在这棵树上随便瞭了几眼，而她只不过想知道是不是还给它留着枣子或苹果呢。

“给我们讲个故事！给我们讲故事!”孩子们都叫嚷着，同时把一位长得胖嘟嘟的小伙子拖到树这边来。他坐在树底下——“因为这样我们就感觉已经在绿树林里面了，”他说，“树儿听听我的故事也是不错的。不过只能讲一个故事。我先问问你们，你们喜欢听关于依维德·亚维德的故事呢，还是喜欢关于那位滚下了楼梯却当上了国王、得到了公主的泥巴球呢?”

“我们喜欢听依维德·亚维德的故事!”有几个孩子大声喊着，“我们喜欢泥巴球的故事!”另外几个孩子大声喊着。这时闹声和叫声混成一片。只有枞树在一旁默不作声。它在想：“我不能参加进来吗？我不能做一点事儿吗?”不过它已经参加了进来，它应该做的事已经做了。

胖小伙子讲着泥巴球的故事——“他滚下楼梯，却当上了国王，并且得到了公主。”孩子们都拍着手，叫道：“接着讲吧！接着讲吧！”因为他们喜欢听依维德·亚维德的故事，但是他们却只听到了泥巴球的故事。枞树立着一言不发，只是沉思着。树林里的鸟儿从来没有讲过这样的故事。泥巴球滚下了楼梯，结果仍然得到了公主！“是的，世界上的事情就是无奇不有！”枞树想，并且把它完全当成真的，因为讲这故事的人是那么一位尊敬的人物。“是的，是的，谁能料想到呢？也许我有一天也会滚下楼梯，结果却得到了一位公主！”于是它很高兴地盼望在第二天晚上又被打扮得漂漂亮亮的，戴上蜡烛、玩具、金纸和水果。

“明天我一定纹丝不动了！”它想，“我将要尽情为我华丽的外表而得意。明天我将还能听到泥巴球的故事，也许还能听到依维德·亚维德的故事呢。”

于是枞树静静地，想了一整夜。

天亮了，仆人和保姆都进来了。

“我又会被打扮得很华丽的！”枞树想。不过他们把它拖出屋子，顺着楼梯一直拖到顶楼上去。他们把它搁在一个黑咕隆咚的角落里，这儿见不到一丝的阳光。

“他们这是什么意思？”枞树想。“把我放在这儿干吗呢？我是不是永远地被搁置起来了？”

它靠墙站着，心中升起了无限的遐思。它现在有的是时间思索；时间一天天在过去，可是一个人也没来看过它，有一天有人来了，它还以为有希望了，但是他的目的只不过是要搬几个空箱子放在墙角里罢了。枞树被挡得死死的了，人们也许已经把它忘了。

“现在外边是冬天了！”枞树想，“土地被冻住了，盖上了雪花，人们也不能把我栽下了；所以我才在这儿被藏起来，等待春暖花开，大地复苏的时候再把我栽下！人们想得多么周到啊！人类真是善良！我只希望在这儿给我点儿阳光、省得孤寂得可怕！——连一只小耗子也没有！树林里现在肯定是很愉快的地方，雪落得很厚，兔子在蹦来跳去；是的，就是它在我身上跳过去也很好——虽然我那时不太喜欢这种行为。这儿现在真是寂寞得可怕呀！”

“吱！吱！”这时一只小耗子说，同时跑到它跟前。不一会儿另外一只小耗子又跑出来了。它们在枞树身上嗅了一下，便很快钻进枝丫里面去了。

“外面真是太冷了！”两只小耗子说，“待在这儿倒是挺舒服的。老枞树，你说是吗？”

“我一点儿也不老，”枞树说，“比我年纪大的树还多着呢！”

“你是从哪儿来的？”耗子问，“你知道什么东西？”它们现在感觉很好奇。“请你给我们讲讲关于世界上最美的地方的事情吧！你到那儿去过吗？你去过储藏室吗？那儿的架子上放着许多乳饼，天花板下面还挂着很多火腿；那儿，我们在蜡烛上跳舞；那儿，我们走进去的时候特别瘦，出来的时候很胖。”

“这个我可不清楚，”枞树说，“不过树林里的事我倒很熟悉——那儿太阳照着，鸟儿唱着歌。”

于是它讲了一些关于它小的时候的事。小耗子们从来没有听过这类事情。它们静悄悄地听着，说：

“嗨，你知道的事情真多！你小时候的时光多么美好啊！”

“我吗？”枞树说，同时把自己说过的话想了一下，“是的，那的确是很美好的一段时间！”于是它讲述圣诞节前夕的故事——那时它身上挂满了各种各样的东西。

“啊，”小耗子说，“你曾经是多么快乐啊，你这株老枞树！”

“我老吗？”枞树说，“我是今年冬天才离开树林的。我算是一个青壮年呀，虽然现在我已经不再生长了！”

“你的故事讲得让我们好羡慕啊！”小耗子说。

第二天晚上，它们又带来另外四个小耗子听枞树讲故事。它越讲得多，对于过去的一切想得更清楚。于是它想："那的确是非常美好的一段时期！但是它会再回来！它会再回来！泥巴球滚下了楼梯，结果得到了公主。也许我也能得到一位公主哩！"这时枞树想起了和它生长在同一个树林里的一株可爱的小赤杨：对于枞树说来，这株赤杨真算得是一位美丽的公主。

"泥巴球是谁？"小耗子问。

枞树把整个故事从头至尾讲了一遍，每一个字它都能记得清清楚楚。这些小耗子高兴得想在这株树的顶上翻翻跟头。又一个晚上来了更多的小耗子，在星期日那天，甚至还有两个大老鼠出现了。不过它们对这个故事好像不太感兴趣；小耗子们也觉得很惋惜，因此它们对这个故事的兴趣也淡下来了。

"你还会讲别的故事吗？"大老鼠问。

"我就知道这一个！"枞树回答说，"这故事是我在生活中最幸福的一个晚上听到的。那时我没感觉到我是多么幸福！"

"这是一个很不好听的故事！你能不能讲一个关于腊肉和蜡烛的故事么？能不能讲一个关于储藏室的故事么？"

"其他的故事我一个也不知道！"枞树说。

"那么谢谢你！"大老鼠回答说，于是它们就离开了。

最后小耗子们也离开了。枞树长嘘了一口气，说：

"当这些快乐的小耗子坐在我跟前、听我讲故事的时候，一切感觉挺好的。现在什么都完了！不过当人们再把我搬出去的时候，我将懂得什么是真正的快乐！"

不过结果是怎样的呢？嗨，有一天清晨人们来收拾这个顶楼：箱子都被搬走了，枞树被拖出来了——人们狠狠地把它扔到地板上，不过一个佣人马上把它拖到楼梯边去。不过在这儿还有阳光在照着。

"好的生活又要开始了！"枞树想。

它呼吸着新鲜空气和享受着早晨的太阳光。它现在是躺在院子里。一切过得真是太快了，枞树也忘记把自己看一下——周围值得享受的东西真是太多了。院子是在一个花园的附近；花园里的花都争相开放。玫瑰靠在小小的栅栏上，又嫩又香。菩提树也正在开着花。燕子们在花园里飞来飞去，说："吱尔——微尔——微特！我们的爱人回来了！"不过它们所指的并不是这株枞树。

"现在我要快乐地生活了！"枞树欣喜若狂地说，同时把它的枝子都伸展开来。但是，唉！这些枝子都枯了，黄了。它现在是躺在一个长满了荆棘和荒草的墙角边。银纸折做的星星还在它原来的地方待着，而且还借着太阳的光发出耀眼的光芒。

院子里有几个小孩子在快乐地玩耍。他们在圣诞节的时候，曾经绕着这棵树跳过舞，和它在一块儿高兴过。最小的一个小孩子跑过来，摘下一颗金星。

"你们瞧，这株奇丑的老枞树身上挂着什么东西！"这孩子说。他用脚踩着枝子，直到枝子发出断裂声。

枞树转过头看了看花园里盛开的花和美丽的景色，又从上到下把自己看了一下。它真希望自己永远待在顶楼的那个黑暗的角落里。它想起了自己在树林里快乐的青春时代，想起了那个美好的圣诞节前夕，想起了那些愿意听它讲关于泥巴球的故事的小耗子们。

"这下全完了！"可怜的枞树说，"我应该在快乐的时候，好好地快乐一番才对！完了！完了！"

佣人走来了，把这株树砍成一截一截的。它成了一大捆柴，它在一个大酒锅底下熊熊地燃着。它深深地叹着气；叹惜自己没好好把握快乐时光，叹惜自己最终的结果竟是这样。在那儿玩耍着的小孩子们跑过来，蹲在火边，朝它里面望，同时叫着："烧呀！烧呀！"每一个爆裂声是一个深深的叹惜。在它发出每一声叹惜的时候，它就回想起了在树林里明朗的夏天，和繁星点点的冬夜；回忆起了那个美好的圣诞节的前夕和它所听到过的和会讲的唯一的故事——泥巴球的故事。这时候枞树已经全被烧成灰烬了。

孩子们都在院子里疯狂地奔跑着、玩耍着。最小的那个孩子把这树曾经在它最幸福的一个晚上所戴过的那颗金星戴在自己的胸前。现在一切都结束了，枞树的生命也讲完了，这故事也完了；完了！完了！——一切故事都是这样。

# 织补针

从前有一根织补衣服的针。作为一枚织补针来说，她倒还算细巧，因此她就把自己想象成是一根绣花针。

“请你们注意把我拿好了！”她对那几个取她出来的手指说。“如果你们不小心把我掉到地上就会很难找到我的，因为我是那么细小呀！”

“细就细好了。”手指说。它们把她拦腰紧紧地捏住。

“你们瞧，我还带着随从呢！”她说。她后面拖着一根很长的线，不过线上并没有打结。

手指正用这根针缝着女厨子的一只拖鞋，因为拖鞋的皮面裂开了，需要缝一下。

“这是一件非常低级的工作，”织补针说，“我怎么也不愿钻到里面去。我要折断了！我要折断了！”——结果她真的折断了。“我不是早就说过吗？”织补针说：“我是非常细小的呀！”

手指想：她现在没什么用处了。不过它们仍然不愿意放弃她，因为女厨子在针头上滴了一点儿封蜡，同时把她别在一块手帕上。

“现在我变成了一根领针了！”织补针说，“我早就料到我会得到重用的：一个不平凡的人总会得到一个不平凡的地位！”

于是她心里乐开了花——当一根织补针在笑的时候，人们根本察觉不到她的外部表情。她坐在那儿，显得很悠闲，好像她是坐在轿车里，东张西望似的。

“打扰了，我能问一下您是金子做的吗？”她问她旁边的一枚别针。

“你有一张非常好看的外表，一个缺点就是自己的头脑——只是小了一点。你得让它再长大一点才行，因为封蜡并不会滴到每根针头上的呀。”

织补针很骄傲地直起身子，结果弄得自己从手帕上掉下来了，一直掉到厨子正在冲洗的污水沟里去了。

“现在我要去很远的地方旅行了，”织补针说，“我只希望自己不要迷了路！”

可是事与愿违，她真的迷路了。

“对于这个世界上的事物来说，我是太细了，”她来到了排水沟的时候说，“不过我清楚我的身份，而这也算是一点儿小小的安慰！”因此织补针仍然保持着她骄傲的姿态，同时也不失掉她得意的心情。许多不同的东西与她擦身而过了：菜屑啦，烂草叶啦，旧报纸碎片啦。

“你瞧它们游得多么快！”织补针说，“它们想象不到它们下面还有一件什么东西！我就在这儿，我很稳当地坐在这儿！看吧，一根小棍子浮过来了，它还以为世界上除了棍子以外再也没有什么其他的东西。它就是这样一个自以为是的家伙！一根草浮过来了。你看它扭动着腰肢和翻转的那副样儿！不要以为自己很了不起吧，你很容易撞到一块石头上去呀！一张破报纸游过来了！它上面印着的很多东西早已被人家忘得干干净净了，但是它仍然铺张开来，神气十足。我很有耐心地、静静地待在这儿。我清楚我的身份，我将永远保持住我低调的姿态！”

有一天她跟前躺着一件不知道是什么东西。这东西射出美丽的光彩。织补针还以为它是一颗金刚钻。其实它只是一个瓶子的碎片。因为它发出亮光，所以织补针就跟它说话，把自己介绍说是一枚领针。

“我想你应该是一颗钻石吧？”她说。

“嗯，你说对啦，是这类东西。”

于是双方就相信自己都有很高的价值。他们开始谈论，说世界上的人一般都觉得自己是个非常了不起的。

“我曾经在一位漂亮小姐的匣子里住过，”织补针说，“这位小姐是一个厨师。她每只手上都有五个手指头。我从来都没见到过他们那样骄傲的东西，不过他们也只是拿着我，把我从匣子里拿出来又放进去罢了。”

“他们也能发出光彩来吗?”瓶子的碎片儿问。

“光彩!”织补针说，“什么也没有，不过是自以为是罢了。他们一共有五个兄弟，都属于手指这个家族。他们互相标榜，虽然他们长短不一：最前面的一个叫作‘笨摸’，又短又肥。他走在最前面，因为他的背上只有一个节，所以他只能同时弯一下腰；不过他说，假如把他从一个人身上砍掉的话，那这人就不能服兵役了。第二个指头叫作‘罐’，他伸到酸的和甜东西里面，他指着星星和月亮；当大家在写字时，他握着笔。第三个指头叫作‘长人’，他伸到别人的头上看东西。第四个指头叫作‘金火’，他腰上围着一条金带子。最小的那个手指是‘比尔——玩朋友’，他什么事也不做，自己还因此而感到自豪呢。他们什么活也不做，只管吹牛，所以我才来排水沟里!”

“这应该算是升级了!”瓶子的碎片说。

这时一下子有更多的水冲进排水沟里来了，而且冲劲还挺大，结果把瓶子的碎片冲走了。

“看哪，他倒是升级了!”织补针说，“但是我还坐在这儿，我是那么细小。不过我也正因此感到高兴，而且也很光荣!”于是她骄傲地坐在那儿，发出了许多感慨。

“我几乎相信我是从日光里出生的了，因为我是那么细呀！我总觉得日光老是到水底下来寻找我。啊！我实在是太细小了，以至于连我的母亲都找不到我了。假如我的老针眼还没有断的话，我想我是要哭出来的——但是我不能哭：因为哭解决不了任何问题!”

有一天几个小孩子在排水沟里找东西——他们有时在这里能够找到旧钉、铜板和类似的物件。这是一个很脏的活，不过他们却看上去还对这类活儿挺感兴趣。

“哎哟!”一个孩子惊叫了一声，原来他被织补针扎了一下，“原来是你这个东西!”

“我不是一个东西，我是一位年轻小姐啦!”织补针说。可是谁也不理她。她身上的那滴封蜡早已掉光了，全身已经变得黑糊糊的。不过黑颜色能使人看上去很苗条，因此她相信她比以前更细嫩。

“瞧，一个蛋壳漂来了!”孩子们喊着。他们把织补针插到蛋壳上面。

“四周的墙是白色的，而我是黑色的！这倒配得很好!”织补针说，“现在谁都可以看到我了。——我只希望自己不要晕船，要不然我就会被折断的!”不过她一点儿也没有晕船，而且也没有折断。

“无论谁，只要他有钢做的肚皮，是一点儿也不怕晕船的，同时还不要忘了，我和普通人相比，是更高一筹的。我现在很好。一个人越纤细，他能承受得住的东西就越多。”

“砰”的一声，蛋壳忽然裂开了，因为一辆载重车刚从它上面碾过去。

“我的天，它把我碾得太厉害了!”织补针说，“我现在真的晕了——我快要断了！我快要断了!”

虽然那辆载重车从她身上碾过去了，但是她并没有受到一点儿伤害。她直直地躺在那里——而且她尽可以一直在那儿躺下去。

# 钟 声

黄昏时，太阳正在慢慢地下沉，烟囱上飘浮的云块儿映出一片金黄的色彩；在一个大城市的小巷里，所有的人全都听到了类似教堂钟声的奇怪的声音。不过声音每次持续的时间都非常短。因为街上到处都是隆隆的车声和嘈杂的人声。

“暮钟响起来了！”人们说，“太阳落下去了！”

因为城外的房子之间离得比较远，而且都有花园和草坪，所以城外的人就能看出天是很亮的，而且也能更清晰地听到这个钟声。它好像是从一个藏在静寂而清新的森林教堂里发出来的。大家朝这声音飘来的方向望去，心中不禁有了一种庄严的感觉。

过了很长一段时间，人们开始互相议论说：“不知道树林里是不是有一个教堂？这钟声的调子多么奇怪多么美丽啊，我们不妨去仔细瞧瞧。”

于是富人乘车去，穷人只得步行去；不过路似乎漫长得没有边际。当他们来到森林外侧的柳树林跟前时，就坐下来。他们看着细长的柳树枝，还以为真的已经身处森林中了。城里卖糕饼的人也迁到这儿来，还搭起了帐篷。接着一个卖糖果的人也来了，这人在自己的帐篷上挂了一口钟；钟的外面还涂了一层防雨的沥青，但是它里面却没有钟舌。

大家回到家以后，都在议论，这事情很奇特，比他们吃过一次茶还要奇特许多。有三个人说，他们穿过了整个树林，一直到达树林的另一端；他们的耳边总能敲响这个奇怪的钟声，然而那时它像是从城里飘来的。有一位甚至还编了一支歌，把钟声当作一个母亲对一个爱主的好孩子唱的歌

——这种钟声比任何音乐都动听。

这件事情后来传到了这个国家的皇帝那里。他颁布了一道圣旨，说无论是谁，只要能找出钟声儿是从哪儿发出的，就可以被封为“世界的敲钟人”——哪怕他最终发现的不是钟也无所谓。

如此一来，成群结队的人为了饭碗问题，就到树林里去寻找钟。然而在回来的人当中只有一个人能讲出一点儿道理。谁也没有深入树林，这人自然也不例外了，可是他却说声音来自于住在一株空树里的大猫头鹰。这只猫头鹰是那么的聪明，充满智慧。它不间歇地把脑袋撞着树。然而这声音究竟是从它的脑袋里发出来的，还是从空树干里发出来的，他却不确定。他终于得到了“世界的敲钟人”这个职位，于是他每年都会写一篇和猫头鹰有关的短论。只是大家并没有因为拜读了他的论文而变得比以前更聪明。

到了举行坚信礼的那一天，牧师发表了一篇美丽而动人的演说。受坚信礼的孩子们都因此而深受感动，因为对于他们来说这是生命中极重要的一天。他们在这一天从孩子成长为成年人。他们还显幼稚的灵魂也要变成有理性的成年人的灵魂。当这些受了坚信礼的人要回到城内的时候，灿烂的太阳光洒满世界，树林里那个神秘的大钟发出特别响亮的声音。他们想马上就去找这个钟声；于是他们全都去了，除了三个人。一个要回家去试穿她的参加舞会的礼服，因为她这次之所以来受坚信礼完全是为了这件礼服和舞会，要不然她是肯定不来的。第二个是一个贫困的孩子。他受坚信礼时穿的衣服和靴子是从主人的少爷那儿借来的；他必须在规定的时间内归还。第三个说，在他的父母同意他之前，肯定不到一个陌生的地方去。他一直很听父母的话，纵使受了坚信礼，也依旧是如此。人们不应该嘲笑他！——然而人们却仍然笑他。

于是这三个人就不去了。其他的人都蹦蹦跳跳地离开了。阳光在照耀着，鸟儿在歌唱，这些刚刚受了坚信礼的人也在唱着。他们互相牵着手，因为他们还没得到什么不一样的职位，而且在受坚信礼的这天，所有人在我们的上帝面前都是没有区别的。

然而他们之中有两个最年轻的孩子立刻就感到厌倦了，所以他们两个人就回到城里去了。此外还有两个小女孩子留下来扎花环，也不想去。当其他的孩子走到那个卖糕饼的人所在的柳树林里的时候，他们说："好，我们终于到了。连钟影子也见不到，这彻底只是一种幻觉！"

就在此刻，一个温柔而庄严的钟声在树林的深处响起来；有四五个孩子决心再朝树林深处走去。树很密，叶子又多，要向前走实在很费劲。车叶草和秋牡丹长得很高，盛开的旋花和黑莓像长花环一般从这棵树牵到那棵树。夜莺在这些树上放声歌唱，太阳光在这些树上戏闹玩耍。啊，这地方真是漂亮得很，不过这条路却不适合女孩子走，因为她们在这儿很容易弄破自己的衣服。这儿有长满各色青苔的石块儿，有潺潺流着的新鲜泉水，时不时发出一种"骨碌，骨碌"的奇怪声音。

"这会不会是那个钟发出来的?"孩子中有一个问。于是他就躺下来仔细地听。"我倒想仔细听听！"

他独自留下来，让其他孩子向前走。

他们发现了一座用树皮和树枝盖的房子。房子上有一棵大树结满了苹果。看样子它似乎是把所有的幸福都摇到这个开满玫瑰花的屋顶上一样。它的长枝子纠结盘在房子的三角墙上，而这墙上正挂着一口小小的钟。莫非大家听到的钟声就是这口小小的钟发出来的吗？是的，他们都这么认为，唯独一个人是例外。这人说，这口钟太小，太精致，不可能让他们在很远的地方就听得见！而且，他们听到过的钟声跟这钟声一点儿也不一样，因为它能引起人的共鸣。说这话的人是国王的儿子。于是别的人都说："这种人总是想表现得比别人聪明一点儿。"

这样，大家就让他独自往前走。他越往前走，他的心里就越充满了一种森林中独有的静寂之感。然而他仍听见大家所认可的那阵小小的钟声。有时风把那个糕饼店里的声音吹来，于是他能听到大家在一边吃茶，一边唱歌。只是洪亮的钟声比这些声音大得多，仿佛有风琴在伴奏。这声音是来自左边——来自心所在的另一侧。

有一个沙沙的响声从一个灌木丛中飘出来。一个男孩子出现在王子面前。这孩子穿着一双木鞋和一件特别短的上衣——短得甚至连他的手肘也盖不住。他们互相都认识，因为这个孩子也在这天参加过坚信礼。他没有和大家一起来，因为他得赶回去把衣服和靴子还给老板的少爷。他办完了这件事以后，就穿着木鞋和寒酸的上衣一个人独自走来，因为钟声是如此的洪亮和深沉，他不得不来。

“我们结伴同行吧！”王子说。

这个穿着木鞋的孩子觉得很窘迫。他拽了一下上衣的短袖子，说他恐怕无法走得像王子一样；另外，他觉得钟声肯定来自右边，因为右边的风景庄严而且美丽。

“这样的话，我们就碰不到头了！”王子说，同时冲这穷苦的孩子点了点头。孩子朝这树林最深最密的地方走去。荆棘把他寒酸的衣服钩破了，把他的脸、手划破了流出血丝。王子身上也有好几处伤痕，然而他所走的路却洒满了太阳光。我们就要留意他的行程，因为他是一个充满智慧的孩子。

“哪怕我走到世界的尽头，”他说，“我也要把这口钟找到！”

丑陋的猢狲高高地坐在树上扮着鬼脸，露出牙齿。“我们朝他身上投些东西吧！”它们说，“我们打他吧，因为他的父亲是一个国王！”

然而他不惧困难，他一步一步地往树林的深处走去。那儿开着许多奇特的花：含有红蕊的、仿佛星星一般的百合花，在微风中发出光彩的、天蓝色的郁金香，结着像透明的大气泡一样发亮的果实的苹果树。你可以想象，这些树在阳光下该有多么炫丽夺目啊。

周围是一片异常漂亮的绿草原。公鹿和母鹿在草原上嬉戏，而且还有繁盛的栎树和山毛榉。草和藤本植物从树缝里探出头来。这一大片林木中还有一面静静的湖，湖里还有游着泳的白天鹅，它们拍打着翅膀。王子站着安静地聆听。他常常觉得钟声是从深沉的湖里飘上来的；然而他立刻就注意到，钟声并不是来自湖里，而是从森林的深处来的。

太阳现在西下了，天空像火一样的通红，森林里一片静寂。当时他就跪下来，唱了黄昏的赞美歌，于是他说：

“我将永远见不到我所追寻的东西！眼下太阳已经西沉了，夜——漆黑的夜——已经到来了。也许在红红的太阳没有消逝之前，我还能够再看它一眼吧。我要爬到崖石上去，因为它比最高的树还要高！”

于是他开始攀着树根及藤蔓在潮湿的石壁慢慢爬着。石壁上盘着水蛇，有些癞蛤蟆也在对他狂叫。不过还好，在太阳没有落下山去以前，他已经爬上去了。他在这仍然可以看见太阳。啊，这是多么美丽的一幅画啊！海，他的眼前出现一片美丽的大海，汹涌的波涛袭上岸来。太阳高挂在海天相接的那条线上，仿佛一座发光的大祭坛。一切的一切都融化成一片鲜红的色彩。树林在唱歌，大海在唱歌，他的心也跟它们一起在唱歌。整个大自然变为一个伟大的而神圣的教堂：树木和浮云是它的圆柱，花朵和树叶是它柔软的地毯，天空是它广阔的圆顶。就在这时，那个穿着短袖上衣和木鞋的苦孩子从右边走过来了。他是沿着他自己的路，在同一个时间到来的。他们快步走到一起，在这唯美的教堂中紧握着双手。那个虽然看不见然而很神圣的钟在他们的上空发出声音。幸福的精灵们在教堂周围跳着舞，唱着欢乐的歌！

# 妖 山

在一棵老树的裂缝里有好几只蜥蜴在调皮地爬上爬下。它们彼此都很熟悉，因为它们讲着共同的蜥蜴语。

“嗨，住在老妖精山上的那些家伙号叫得那个厉害啊！”一只蜥蜴说，“他们的叫嚷声把我弄得两整夜没合上过眼睛。这简直跟躺在床上害牙痛一样，因为我翻来覆去怎么也睡不着！”

“那儿肯定有什么事情吧！”另一只蜥蜴说，“他们把那座山用四根红柱子支起来，一直支到天亮为止。这座山这回算是痛痛快快地通了一次风；那些女妖还学会了像跺脚这样的新舞步呢。那儿肯定有什么事情！”

“对，我刚才还跟我认识的一位蚯蚓谈起这件事，”第二只蜥蜴说，“这位蚯蚓是直接从那座山里来的——他白天黑夜地都在那山里翻土。他听说了很多事情。只可惜，他的眼睛什么也看不见，不过他却知道如何摸路和听别人言谈。妖山上的人正等待着一些客人的到来——一些有威望的客人。不过这些客人到底是谁，蚯蚓也不愿意说出来——也许他是真的不知道。所有的鬼火也都得到了通知，他们要举行一个火炬游行。他们已经把金银器皿——这些东西他们山里多的是——擦得干干净净，并且在月光下摆出来啦！”

“那些客人可能是谁呢？”所有的晰蜴很疑惑地问。“那儿发生了什么事情呢！你们听呀，多么闹！多么吵！”

正在这时，妖山开了。一位老妖小姐火急火燎地走出来。她穿的衣服看上去是挺整齐，可就是没有背。她是老妖王的管家娘娘，也是他的一个远房亲戚。她的额头上戴着一颗心形的琥珀。她的一双腿动作真麻利：得！得！嗨，她真会走！她一会儿的工夫就走到住在沼泽地上的夜乌鸦那儿去。

“请你到妖山上去，现在就去，”她说。“不过先请您帮个忙，把这些请帖送出去行吗？您自己虽然无家可归，可你总得做点儿事情呀！我们今天有几个非常尊贵的客人——很重要的魔法师。老国王也想借这个机会好好摆一下排场！”

“到底要请一些什么客人呢？”夜乌鸦问。

“嗳，不管是谁都可以参加这个盛大的宴会，甚至人都可以来——只要他们可以在睡梦中说话，或者能懂得我们要做的事情。不过参加第二次宴会的人必须要挑选一下；我们只能请最有名望的人。我曾经跟妖王吵过架，因为，我坚持说我们连鬼怪都不能请。我们得先邀请海人和他的一些女儿。他们肯定很喜欢来拜访干燥的陆地的。不过他们必须得有一块潮湿的石头，或者比这更好的东西当作座位；我想这样他们就没有理由拒绝不来了。我们也可以邀请那些长有尾巴的头等魔鬼、河人和小妖精来。我想我们也不能忘了墓猪、整马和教堂的小鬼。其实他们都是教会的一部分，跟我们这些人一点儿联系也没有。但是那也不过是他们的职务，他们跟我们的交往倒是很密切，常常拜访我们！”

“太好了！”夜乌鸦说，说完他就拿着请帖飞走了。

“女妖们已经在妖山上开始跳起舞来了。她们戴着雾气和月光织成的长围脖。只要是喜欢戴这种东西的人，跳起来都是挺好看的。妖山的正中间是一个装饰得非常漂亮的大客厅。它的地板已经用月光洗过一次，它的墙也用巫婆的蜡油擦过一遍，因此它们很像摆在灯前的郁金香花瓣，射出万丈光芒。厨房里全是些烤青蛙、蛇皮色的小孩子的手指、毒菌丝拌的凉菜、湿耗子鼻、毒胡萝卜等菜；还有沼泽地里巫婆熬的麦酒，和从坟窖里取来的晶莹剔透的硝石酒。所有的菜都很实惠，甜菜中还有生了锈的指甲、教堂窗玻璃碎片等几个菜。

老妖王用石笔把他的金王冠擦得铿亮。这是一根小学六年级时才能用的石笔，老妖王能得到一根六年级用的石笔是非常不容易的！他的卧室里挂着幔帐，而这幔帐是由蜗牛的分泌物粘在一起的。是的，那里面总是传出一阵喊喊喳喳的声音。

“现在就让我们烧一点马尾和猪鬃，就当香烧了；这样，我想我的工作应该算是做完了！”老妖小姐说。

“亲爱的爸爸！”最小的女儿说，“现在你能告诉我，我们最尊贵的客人都是些什么人啊？”

“嗯，”他说，“我想我现在不得不告诉大家！我有两个女儿到了结婚的年龄！她们两个人必须结婚。挪威的那个老地精将要带着他的两个小少爷来——他们每个人要找一个妻子。这个老地精住在老杜伏尔山中，他有好几座用花岗石筑成的宫殿，还有一个谁也不知道的好金矿。这个老地精是一个地道的、正直的挪威人，他总是那么开朗和高兴。在我跟他碰杯结拜为兄弟以前，我们就已经认识了。他讨太太的时候到这儿来过。现在她已经不在世了。她是莫恩岩石王的女儿。真是像俗话所说的，他在白垩岩上讨太太。啊，我多么想快点见到这位挪威的地精啊！他的孩子听说是很野蛮的年轻人，也许事实上可能不是这样的。他们稍微年长一点儿就会变好的。我倒要看看，你们怎样把他们教得懂事一点儿。”

“他们什么时候能到啊？”一个女儿问。

“这要看天气和气候了，”老妖王说，“他们总是以最经济的办法旅行！他们总是找机会坐船来。我倒是很希望他们经过瑞典来，不过那个老家伙肯定不是这么想的！他赶不上时代——这点我不喜欢！”

这时有两团鬼火跳了过来。这一个跳得比一个快，因此跳得快的那一个就先到了。

“到了！到了！”他们大声喊着。

“快去把我的王冠拿来，我要立即站到月光里去！”老妖王说。

几个女儿也把她们的长围脖扯开，把腰一直弯到地上。

杜伏尔的老地精来到他们面前。他头上戴着坚硬的冰柱和光滑的松球做成的王冠；另外，他还穿着熊皮大衣和滑雪的靴子。他的儿子和他正好相反，脖子上什么都没有戴，裤子上也没有吊带，因为他们都是很壮实的人。

“这就是那个土坑吗?”最小的孩子指着妖山问，“在挪威我们都把这个东西叫作土坑。”

“孩子!”老头子说，“土坑向下凹，而土堆则向上凸，难道你没有长眼睛吗?”

他们说他们在这儿最让他们感到惊奇的事情是，他们能听懂这儿的人说的话。

“不要在这儿闹笑话啦!”老头儿说，“要不然别人以为你们是乡巴佬!”

他们走进妖山。这儿的客人的确都是大人物，而且在如此短的时间内就都请来了。要说他们是风吹到一起的，都会有人相信。每个客人的座位都被安排得既舒服又得体。海人的坐位被安排在一个水盆里，所以他们说，就跟在自己家里一样舒服。每个人都很有礼貌，除了那两个小地精以外。他们把腿跷到桌子上，但是他们却自以为是地感觉这很适合他们的身份!

“把脚放回地上去!”老地精说。他们听了老地精的这个忠告，并没有马上就改。他们将松球放在小姐们身上，呵痒她们；他们为了自己高兴，就把靴子脱下来让小姐们拿着。不过他们的爸爸——那个老地精——和他们完全不一样。他生动的语言描述着挪威的石山是如何庄严，那些溅着白沫的瀑布如何发出雷轰或风琴般的声音。他讲述鲑鱼一听到水精弹起金竖琴时就怎样逆流而上。他谈起在月朗星稀的冬夜里，雪橇的铃是如何丁零当啷地响，孩子们是如何举着火把在光滑的冰面上玩耍，如何把冰面照得透亮，使冰面底下的鱼儿们在他们的脚下乱窜。的确，他讲得非常生动，在座的每一位都好像亲眼见过和亲耳听过似的：他们好像看见锯木厂里工人在锯木料，男子和女子在唱歌和跳挪威的“哈铃舞”。哗啦！这个老地精不知不觉地在老妖小姐的脸上来了一个响亮的“舅舅吻”。这才算得上是一个吻呢！不过他们并不是亲戚。

现在妖小姐们开始跳舞了。她们跳普通步子，也跳蹬脚的步子。这两种步子都很适合她们。接着她们就跳起一种很艺术的舞——她们跳这是“前无古人、后无来者”的舞。乖乖！她们的腿动得那叫麻利！你根本无法分，哪里是开头，哪里是结尾；你也根本看不清楚，哪里是手臂，哪里是腿。它们简直像刨花一样，乱哄哄地搅成一片。她们跳得团团转，把“整马”弄得头昏脑涨，不得不退下桌子。

“啧啧!”老地精说，“这才算得上是一支大腿的迷人舞呢！不过，她们只会跳舞、伸腿和扇起一阵旋风，别的还能做什么呢?”

“你就耐心地等着瞧吧!”妖王说。

于是他把最小的女儿喊出来。她看上去非常的白净而含情脉脉；她是众多姊妹中最娇嫩的一个。她将一根白色的木栓衔在嘴里，她立刻就不见了——这是她的魔法。

不过老地精说，他根本就不希望他的太太有这样的本领。他也不希望他的儿子喜欢这套本领。

第二个女儿能跟自己并排走，但是她好像有一个影子跟着，而山精是没有影子的。

第三个女儿有自己一套独特的本领。她跟沼泽女人学过，所以她会用萤火虫在接骨木树桩上擦出油来。

“让她当家庭主妇应该是很好的选择!”老地精说。他对她挤眉弄眼代替敬酒，因为他不想喝得太多。

第四个女儿来了。她有一架很奢华的金竖琴。她刚弹了一下，在场的人都举起左腿来，因为妖精们都是先用左腿的。她弹第二下的时候，在场的人就都得按照她的意思做动作。

“这是一个很阴险的女人!”老地精说。不过他的两个小少爷都已经从山里走出来了，因为他们已经感到烦腻了。

“下一位小姐有什么本领呢?”老地精问。

“我学会了如何去爱一个挪威人!”她说，“我要是不到挪威去，我就宁愿单身!”

最小的女儿低声地对老地精说：“就是因为她曾经听过一支挪威歌，所以才有这种想法的。歌词大意是这样说的，当世界灭亡的时候，挪威的石崖将会仍然存在。所以她想到挪威去，因为她害怕死亡。”

“呵！呵!”老地精说，“这倒是说的真心话！最后一个小姐能够做什么呢?”

“最后一个小姐的上面还有第六位呀!”妖王说，因为她不会算数。可是那第六位小姐却怎么也不愿意出来。

“我就会对人说真话!”她说，“谁也不愿理我，而我正忙着做我的寿衣!”

这时最后一位走出来了。她能够做什么呢？她很会讲故事——想让她讲多少她就能讲多少。

“这是我的五根手指头!”老地精说，“你能用每个指头编一个故事吗!”

这位妖姑娘握起他的手腕，她笑得前仰后合的。它戴着一个戒指，好像它已经知道有人快要订婚似的，当她讲到“金火”的时候，老地精说，“请你抓紧我的手吧，这只手属于你！我要让你做我的太太!”

妖姑娘说，“‘金火’和‘比尔——玩朋友’的故事我还没讲完呢!”

“等到冬天再讲吧!”老地精说，“到了冬天时我们还能听到松树的故事，赤杨的故事，山妖送礼的故事和寒霜的故事！你可以尽情地讲故事，因为那儿谁都不会讲故事！到那时我们可以待在石室里，燃起松木来烤火，我们还能用古代挪威国王的角形金杯盛蜜酒喝——山精赠给我两个这样的酒杯！我们可以坐在一起，加尔波会来拜访我们，他将给我们唱起关于山中牧女的歌。那才愉快呢。鲑鱼随着瀑布跳跃，撞着石壁，可就是钻不进去！嗨，住在温馨的老挪威才痛快呢！但是那两个孩子到底上哪儿去了？”

那两个孩子正在田野里奔跑，把那些正准备来参加火炬游行的鬼火都吹走了。

“你们居然这么不听话！”老地精说，“我给你们找了一个母亲。现在你们可以在这些姨妈中挑一个！”

不过少爷说，他们喜欢演讲，为友情而干杯，但是现在还不想讨论结婚的事。因此他们就发表演讲，为友情干杯，而且还把杯子套在手指尖上，说明他们真的干了。他们还脱下上衣趴在桌子上呼呼地睡大觉，因为他们不想太客气。可是老地精正和他年轻的夫人在房里跳得正起劲呢，而且还交换靴子，因为交换靴子更有意义。

“鸡叫了！”管家的老妖姑娘说，“我们现在要把门窗都得关上，免得太阳晒着我们！”

这样，整个妖山都被关上了。

不过外面的那四只蜥蜴在树的裂缝里跑来跑去。这个对那个说：

“啊，我挺喜欢那个挪威的老地精的！”

“我又喜欢他的两个孩子！”蚯蚓说。可是，可怜的他，什么都看不见。

# 香肠栓熬的汤

## 1. 香肠栓熬的汤

“昨天有一个很盛大的宴会！”一个上了年纪的女耗子对一个没有参加这个盛会的耗子说。“我在靠近老耗子王的第二十一个座位上坐着，所以我的座位还算可以！你要不要看看菜单？出菜的顺序被安排得非常有序——发霉的面包、腊肉皮、蜡烛头、香肠——接着同样的菜又从头至尾再上一次。这简直相当于两次连续的宴会。大家的心情非常愉快，闲聊了一些开心的事，就像自己的家人在一起一样。把桌子上的菜都吃光了，只剩下一小截香肠。于是我们就谈起这截香肠来，接着又谈起‘香肠熬的汤’。的确，每个人都听到过这件事，但是谁也没有尝过这种汤到底是什么味道，更不用说怎样去熬它。大家提议，是谁发明这种汤的，就为他干一杯，因为他配做一个济贫院的院长！这句话是不是很风趣啊？老耗子王站起来说，谁要是把这种汤做得最好吃，他就把她立为皇后。给一年的时间去研究怎么做。”

“这倒挺好！”另一个耗子说：“不过这种汤的做法是怎样的呢？”

“是的，应该怎样做呢？”这正是所有的女耗子——年轻的和年老的——所要思考的一个问题。她们都想当皇后，但是她们却很怕麻烦，不愿意去到处奔波学习这种汤的做法，可这是唯一的办法！不过所有的耗子都没有离开家和那些自己熟悉的角落的本事。在外面谁也找不到乳饼壳或者臭腊肉皮吃。不，谁也会挨饿，也许还会被猫活活地吃掉呢。

不用说，这种思想吓住了大部分的耗子，他们不敢到外面去求知识。只有四只勇敢的耗子站出来说，她们愿意去。她们是年轻有志向的，可是很穷。世界有四个方向，她们每位想去一个方向；看看是谁的运气最好。每个人都拿着一根香肠栓，为的是牢记这次出行的目的。她们把它当作出行的手杖。

她们在五月初出发了。到第二年五月初的时候，她们才回来。不过她们只有三位来报到了。另一位不见了，也没有任何关于她的消息，而现在已经到了决赛的日期了。

“最愉快的事情里总不免掺有悲哀!”耗子王说。但是他下了一道命令，把周围所有的耗子都请来。她们决定在厨房里集合。那三位出行过的耗子单独站在一起；对于那个失了踪的耗子，大家都竖了一个香肠栓，在上面挂上一块黑纱以示纪念。在那三只出行过的耗子没有发言之前，在耗子王没作补充讲话之前，谁都不能讲话。

现在我们听吧！

## 2. 第一只小耗子的旅行见闻

“当我走到茫茫的大世界里去的时候，”小耗子说，“像许多与我年纪相当的耗子一样，我还以为我已经懂得了所有的东西。不过事实上不是这样的。一个人要花许多年的时间才能达到这种目的。我立刻动身航海去。我坐在一条开往北方的船上。据说，在船上当厨子的人要懂得怎样随机应变。不过当一个人有很多腊肉，有整桶的腌肉，还有发霉的面粉的时候，随机应变也就够容易多了。人们吃得很考究！但是却没学会用香肠栓做汤。我们航行了不知道多少个日日夜夜。船颠簸得很厉害，我们身上都湿透了。当我们最后到达目的地的时候，我就离开了船。那是一个遥远的北方。

“离开家远行，真是一件愉快的事。坐在船上，也算是一个小家。但是忽然间你却来到了数百里以外的地方，住在国外。那里有很多原始森林，长满了成林的赤杨。它们发出的香气真是太浓烈了！我不太喜欢！我总被弄得直打喷嚏，同时也想起香肠来。那儿还有许多湖。我走近一看，水是非常清澈的；不过从远处看上去，湖水像墨一般黑。白色的天鹅悠闲地浮在湖水上面，刚开始我以为天鹅是泡沫。不过当我看到它们起飞和走动的时候，我才认出它们是天鹅了。它们属于鹅，看它们走路的样子就知道了。谁都隐藏不住自己家族的外貌！我总是跟我的族人待在一起，总是跟松鼠和田鼠来往。它们什么都不知道，特别是关于烹调——我出国旅行也是为的这个事情。我们说香肠栓可以用来做汤的这种想法，在他们看来，简直是不敢相信。所以这件事就传遍了整个森林。不过他们还是认为这件事是天方夜谭。我真是没想到，会在这儿，就在这天晚上，我居然发现了做这汤的秘法。这时正值炎热的夏天，因此——它们说——树林才发出这样浓烈的气味，草才是香的，湖水才是黑而亮的，上面还游荡着白色的天鹅。

“在树林的边缘上，在四五座房屋间，竖着一根竿子。它和船的主桅一般高，顶上挂着花环和缎带。这就是大家所说的五月柱。年轻人围着它跳舞，和着提琴手所奏出的调子，高声唱歌。太阳落山以后，他们还在月光中尽情地舞动了一番，不过一个小耗子跟一个森林舞会又有什么关系呢？我紧紧地捏着我的香肠栓坐在柔软的青苔上。月亮照着一块特别的地方。这儿有一株树，这儿的青苔长得很嫩——的确，我相信跟耗子王的皮肤差不多。不过它的颜色是绿的；这对于眼睛来说，是非常有利的。

“忽然间，一群很可爱的小人物大步地走了出来。他们的身材只能够到我的膝盖。他们的样子很像人，不过他们的身材长得更相称一些。他们把自己称为是山精；他们穿着用花瓣做的漂亮衣服，边缘上还饰着苍蝇和蚊蚋的翅膀，很漂亮。他们一出现就好像在寻找什么东西——我也不清楚是什么。不过他们有几位走到我跟前来；他们的头儿指着我的香肠栓说：‘这就是我们所要找的那件东西！——它是尖的——它是最好的！’他越看我的旅行杖，就越感到高兴。

“‘我可以把它借给你们，’我说，‘但是你们必须得还我！’

“‘一定还你！’他们反复着说。于是他们就拿走了香肠栓。我也没办法阻止。他们拿着香肠栓跳舞，一直跳到长满了嫩青苔的那个地方。他们把香肠栓插在这儿的绿地上。他们也想拥有他们自己的五月柱，而他们现在得到的这一根似乎很符合他们的要求。他们把它装修了一番。这真值得一看！

“蜘蛛们在它上面织出一道道金丝，然后在它上面挂起飘逸的面纱和旗帜。它们是织得那么用心，在月光里被漂得那么雪白，把我的眼睛都看花了。他们从蝴蝶的翅膀上提取颜料，把这些颜料撒在白纱上，而白纱上又闪着花朵和珍珠，使我再也认不出来我的香肠栓了。像这样好看的五月柱，世上少有啊！现在那一大队的山精先到场。他们虽然什么衣服也没有穿，但是他们看上去很文雅。他们也请我去参加这个盛会，可是我得跟他们保持一定的距离，因为对他们来说，我的体积实在是太大了。

“现在音乐开始了！这简直像几千只铃铛在响，声音又圆润又响亮。我还以为是天鹅在唱歌呢。的确，我也觉得我听到了杜鹃和画眉的声音。最后，音乐响彻了整个树林。我听到了孩子们的说话声，铃铛的铿锵声，还有鸟儿的歌唱声。这都是世界上最美的旋律，而且都是从山精的五月柱上发出来的，这全是钟声的合奏，而这些美妙的音符都是从我的香肠栓上发出来的。我从来都不知道，它会奏出这么多的音调，不过这要看它拿在什么人的手中。我非常感动；我激动得哭起来了，像一个小耗子那样哭。

“夜很短！不过在这个季节，这是很正常的。风在天刚亮时就刮起来了，树林里平静的湖面上出现了一层细纹，飘逸的纱幔和旗帜都飞到天上去了。蜘蛛网所织成的波浪形的花圈、吊桥、栏杆以及诸如此类的东西，都被风吹得不知到哪儿去了。六个山精把我的香肠栓扛回来给了我，还问我有没有别的要求，他们能让我满足。因此我就请教他们我怎样用香肠栓做出美味的汤来。

“‘你是问我们怎样做吗？’山精的头儿带笑地说。‘嗨，你刚才不是已经亲眼看到过了吗！你不是再也认不出你的香肠栓吗？’

“‘你说得倒轻巧！’我回答说。于是我就简洁地把我旅行的目的告诉了他，并且跟他说，家里的人对于我这次旅行所寄予厚望。‘我在这儿看到的一切，’我问，‘对于我们耗子王和我们强大的国家，有什么用处呢？我不拿着把这香肠栓摇几摇，说：你瞧呀，香肠栓就在这儿，汤马上就做好了！这种菜恐怕只有客人吃饱了饭以后才能拿出来吧！’

“于是这个山精把他的小指头放进一朵蓝色的紫罗兰花里，同时对我说：

“‘请看！我要往你的旅行杖上抹点油；这样当你回到耗子王的宫殿时，你只要把这手杖朝他的胸口指一下，手杖上就会开满紫罗兰花，甚至在最冷的冬天也是这种情形。所以你恐怕还不止这些呢！’”不过在这个小耗子还没有说出“一点儿什么东西”之前，她就把旅行杖指到耗子王的胸口上去了。果然，一束美丽的蓝色的紫罗兰花就开了出来。花儿的香气非常浓烈，耗子王立马下令，让那些靠近烟囱的耗子把尾巴伸进火里去，这样就能烧出一点焦味儿来，因为紫罗兰浓烈的香味儿让他吃不消；因为这根本就是他不喜欢的气味儿。

“不过你刚才说的‘一点儿什么东西’到底是什么东西呢？”耗子王问。

“唉，”小耗子说，“我想应该这就是人们所谓的‘效果’吧！”于是她把旅行杖掉转过来。它上面的花全都消失了。她手中只是握着一根光溜溜的棍子。她把它高举起来，就像一根乐队指挥棒。

“‘紫罗兰花是因为视觉、嗅觉和感觉而开的，’那个山精跟我说过，

‘因此它还没有达到听觉和味觉的要求。’”

这时小耗子开始打拍子，于是音乐奏响了——不是树林中山精开欢乐会的那种音乐；不是的，而是我们在厨房中听到的那种声音。乖乖！真是热闹啊！这声音是忽然传来，好像风突然灌进了每家的烟囱管似的；锅和罐闹腾得不可开交；饭铲在黄铜壶上乱敲一气；接着，在不经意间，一切又很快变得沉寂。人们仿佛听到茶壶发出低沉的声音。说来也真怪，谁也不明白，它这是快要结束呢，还是刚刚开始唱。小罐子在剧烈地沸腾着，大罐子也在剧烈地沸腾着；它们谁也不搭理谁，好像罐子都失去了理智似的。小耗子挥舞着她的指挥棒，越挥越有劲；罐子产生泡沫，冒出大泡，沸腾得不可开交；风儿在呼呼地号，烟囱在叫。哎呀！这真是太可怕了，弄得小耗子自己把指挥棒也扔掉了。

“做这种汤可真累人!”老耗子王说，“现在我们是不是要把它拿出来品尝品尝呢?”

“这就是汤呀!”小耗子说，同时很恭敬地鞠了一躬。

“这就是吗？好了，我们现在听听第二位能讲些什么吧,”耗子王说。

## 3. 第二只小耗子讲的故事

“我出生在宫殿的图书馆里，”第二只耗子说，“我和我的家人从来没有机会到餐厅里去，更别说到食物储藏室里去了。只有在旅途中和在今天，我才第一次看见厨房是什么样子。我们在图书馆里，的确常常在挨饿，但是我们却得到了不少的知识。我们听到一个谣传，说谁能够用香肠栓做出汤来，谁就可以获得皇家的丰厚奖金。我的老祖母因此就拉出一卷手稿来。她当然是不会念的，但是她却听到别人念过。那上面写道：‘只要是能写诗的人，都能用香肠栓做出汤来。’她问我是不是一个诗人。我说我对于此道一点儿也不知道。她说我得努力做一个诗人。于是我问做诗人的需要具备什么条件，因为这对于我说来是跟做汤一样有难度。不过祖母听到许多人念过。她说，这必须具备三个主要的条件：‘理解、想象和感觉！如果你能够具备这几个条件，你就会成为一个诗人，那么用香肠栓做汤这类事儿也就特别简单了。’

“于是我就出去了，向西方走，到茫茫的大世界里去，为的是要成为一个诗人。

“我知道，最主要的东西是理解。其余的两件东西不会得到同样的重视！因此我第一件事就是去追求理解。是的，理解在哪儿呢？到蚂蚁那儿去，就能得到智慧！犹太人的伟大国王曾经这样说过。我是从图书馆中知道这些事情的。在我来到第一个大蚁山以前，我一点儿也没有休息过。我待在这儿观察，希望变得聪明。

蚂蚁是一个非常值得敬仰的种族。他们本身就是‘理解’。他们所做的任何事情，就像计算好了的数学题一样，总是对的。他们说，工作和生蛋的意义就是为现在生活，为将来做准备，而他们就是按照这个宗旨做事的。他们把自己分成为纯洁的和肮脏的两大类蚂蚁。他们的等级是用一个数字来代表的；蚂蚁皇后的数字排在第一位。她的见解是唯一正确的见解，因为她已经吸收了所有的智慧。知道这一点，对我来说是很有必要的。

“她的话说得很多，而且说得都很有道理，但是我感觉很像废话。她说她的蚁山是世界上最高大的东西，但是蚁山旁边就有一棵树，而且和她的蚁山比起来，不知要大多少倍呢——这是毋庸置疑的事实，因此关于这棵树她就只字不提。有天晚上，有一只蚂蚁在这树上失踪了。他沿着树干爬上去，但并没有爬到树顶上去——只是爬到了别的蚂蚁还没有爬到过的高度。当他回到家来的时候，他说他发现了比蚁山还要高的东西。但是所有的蚂蚁都认为他的这番话对于整个蚂蚁种群来说是一种侮辱，因此这只蚂蚁就受到惩罚，戴上了一个口罩，并且永远被孤立了起来。

“过了不长时间，另一只蚂蚁爬到树上去了。他做了同样的旅行，而且也发现了同样的东西。不过这只蚂蚁说起这件事情的时候，采取了一种大家所认为的冷静和模糊的态度，此外他是一只有身份的蚂蚁，而且是纯种，因此大家就都相信他说的话是真的。当他死了以后，大家就用蚂蚁蛋为他立了一个纪念碑，表示他们都尊敬科学。”

小耗子接着说：“我看到蚂蚁总是背着他们的蛋跑来跑去，他们其中的一只蚂蚁把蛋跑掉了；他费了很大的气力想把它捡起来，但是试了很多次，都没有成功。这时另外两只蚂蚁来了，他们用尽了全身的力气来帮助他，结果他们自己背着的蛋也快被弄得滚下来了。所以他们也不管了。因为人们得先把自己的事弄好——而且蚂蚁皇后也谈过这样的问题，她说这样做既可表示出同情心，同时又能表示出理智。在这两个方面‘使我们蚂蚁在一切有理智的动物中占最高的位置。理智应该是，而且一定是最主要的东西，而我在这方面正好最有优势！’于是她就用她的后腿直立起来，好让人们一眼就能看清她……我再也不会搞错了；我一口把她吞掉。到蚁群中去，学习智慧吧！我都装进肚皮里去了！

“我现在正在向刚才说的那棵大树走去。它是一棵槲树，有又高又粗的躯干和浓密的树帽；它历尽沧桑，已经很老了。我知道在这棵树上住着一个生物——一个女人——人们都叫她树精：她跟树一起生存，也跟树一起灭亡。这件事是我在图书馆里听到的；现在我算是亲眼看到这样一棵树和这样一个槲树精了。当她看到我离树越来越近的时候，她就发出一个可怕的尖叫声来。像所有的女人一样，她很害怕耗子。跟别人相比，她更害怕我，因为我可以把树啃断，她跟树是同生同灭的。我以一种亲切和热诚的态度和她说话，给她勇气。她把我拿到她柔嫩的手里。当她知道了我来到这个茫茫大世界里的目的时，她答应我说，也许就在今天晚上我会得到我所寻找的两件宝物之一。

“她跟我说，幻想是她最要好的朋友，他是像爱情一样美丽，他经常到这树枝的浓叶中来休息——这时树枝就在他们两人头上摇得更厉害。她说：他把她叫作树精，而这树就是他的树，因为这棵瘤疤很多的老槲树是他最喜爱的一棵树，它的根深深地扎在地底下，它的躯干和浓密的树冠高高地伸到新鲜的空气中去，它对于飘着的雪、凛冽的风和和煦的太阳，知道得比谁都清楚。是的，她这样说过，‘鸟儿在它头顶上唱着歌，讲着一些关于异国的故事！在那唯一的枯枝上鹳鸟筑了一个与树很相称的窠，人们可以从它们那里听到一些关于金字塔所在的国度的事情。幻想很喜欢这类的事情，但是这还满足不了他。我还把这树在我小时候的事告诉了他；那时这棵树还很小，连一棵荨麻都能把它掩盖住——我得一直往下讲讲，到这树现在怎么长得这么高大为止。请你在车叶草下面坐会儿，注意看吧。当思绪到来的时候，我就要找一个机会来抓住他的翅膀，拔下他的一小根羽毛来。把这羽毛拿去吧——其他诗人谁也得不到比这更好的东西——你有这就足够了！’

“当幻想到来的时候，就拔下一根羽毛来。我立刻把它抢过来，”小耗子说。“我把它捏着放在水里，使它变得柔软！把它吃下去是很困难的事，但是我却把它啃掉了！现在我已经有了两样东西：幻想和理解。只要有了这两件东西，我就可以在图书馆里找到第三件了。一位伟人曾经写过和说过：有些长篇小说唯一的作用是它们能够减轻人们多余的眼泪，因为它们可以像海绵一样，能把情感吸收进去。我记起一两本这样的书；我感觉它们很合人们的胃口；它们不知被人翻过多少次，非常油腻，毋庸置疑它们已经吸收了许多人们的感情。

“我回到那个我们出生的图书馆里去，生吞活剥地啃掉了一整本长篇小说——这也就是说，我只啃掉了它柔软的部分，它的精华，它的书皮和装订我一点儿也没有动。那本书消化之后，我接着又啃掉了一本。这时我感觉到它们在我身体里动了起来，于是我又咬了几口第三本。这样我就变成了一个诗人。我对我自己这样讲，对其他人也这样讲。我有点儿头痛，有点儿胃痛，还有我不知道怎么说的莫名的痛。我开始思考那些与香肠栓有关系的故事。于是我心中就想起了很多香肠栓，这肯定是因为那位蚂蚁皇后有非常细致的理智的缘故。我记得有人把一根白色的木栓放进嘴里去，于是他那根木栓就消失得无影无踪了。我想到浸在陈啤酒里的木栓、垫东西的木栓、塞东西的木栓和钉棺材的木栓。现在满脑子全是关于栓的东西！当一个人是诗人的时候，他能把这些用诗的意境表达出来；而我是一个诗人，因为我费了很大的工夫来做一个诗人！因此我任何时候都可以用一个栓——一个故事——来侍候你。是的，这就是我的汤。”

“我们来听听第三位有什么话讲吧！”耗子王说。

“吱！吱！”这是从厨房门旁发出的一个声音。于是一只小耗子——她就是大家还以为死去了的第四只耗子——窜出来了。她绊倒了那根系着黑纱的香肠栓。她没日没夜地在跑，她不放过任何机会，她不惜在铁路上坐着货车走，虽然如此，她几乎还是要迟到了。她气喘吁吁地冲进来，全身的毛都乱蓬蓬的。她已经失去了她的香肠栓，可是却没有失去她的声音，因此，她就马上开始发言，好像大家只是在等着她、等着听她讲话，除此以外，世界上没有比这更重要的事情一样。她立刻发言，把她想要说的话全都说了出来。她来得太突然了，以至于当她在讲话的时候，谁也没有时间来反对她或她的演词。现在我们来听听她到底想要说些什么！

## 4. 第四只耗子在第三只耗子没有发言以前所讲的故事

“我很快就到一个最大的城市里去，”她说，“这城的名字我已经想不起来了——我总是记不住它叫什么名字。我乘着载满没收物资的大车到市政府去。然后我跑到监狱看守那里去。他谈起他的犯人，特别谈到了一个讲了很多粗鲁话的犯人。这些话又引起了另外的许多话，而这另外的许多话被讨论了一番，受到了批评。

“‘这完全是一套香肠栓熬的汤。’他说：‘但这汤有可能使得他掉脑袋！’

“这让我对那犯人产生很浓的兴趣，”小耗子说，“于是我乘机溜到他那儿去——因为在锁着的门后面总会有一个耗子洞的！他的脸色煞白，满脸都是胡子，睁着一对大眼睛。灯在冒着黑烟，也许墙壁早已习惯于这烟了，所以它并没有显得比烟更黑。这犯人在黑色的墙上画出了一些白色的图画和诗句，但是我一点儿都看不懂。我想他肯定是因为很无聊，而很高兴我的到来。他用面包屑，用口哨和一些友善的字眼来诱惑我：他看到我脸上露出了喜悦的表情，而我也只好信任他；因此我们就成了朋友。

“他把他的面包和水分给我吃；他还送给我乳饼和香肠。我感觉很幸福。我得承认，主要是因为这样好的交情我才在那儿住下来。他把我托在他的手中，让我在他的臂上乱跑；让我钻进他的袖子里去，让我在他的脸上爬；他还把我叫作他的亲爱的朋友。我真的很喜欢他，因为我们应该礼尚往来！我在这儿的快乐日子使我差点儿忘了我在这个广大世界里旅行的任务，我忘记了放在地板裂缝里的香肠栓——它还藏在那儿。我很想在这儿住下来，因为如果我离开了，这位可怜的犯人又要孤独寂寞了——像这样整天无所事事地活着太无聊了！我待下来了，可是他却没有待下来。在最后的一次，他跟我说了很多，还总是和着眼泪，它给了我比平时多很多的面包和乳饼皮，他给了我一个飞吻。他离去了，再也没有回来。我不知道他最后的结果。

“‘香肠栓熬的汤！’看守说——我现在到他那儿去了，但是我不能相信他。的确，他也把我托在他的手里，但是他却把我关进一个笼子里——一部踏车里去了。这真是太可怕了！你在里面跑来跑去，一步也不能向前走，只是让大家笑你！

“看守的孙女是一个非常可爱的小孩儿。她的卷发是那么金黄。她的眼睛是那么有神，她的小嘴总是在笑。

“‘你这个可怜的小耗子！’她说，同时偷偷地向我的这个丑恶的笼子里看了一眼。她把那根铁插销抽掉了，于是我就跳到窗板上，然后从那儿再跳到屋顶上的水笕里去。我自由了！自由了！我目前只能想这件事情，我旅行的目的现在已经顾不上了。

“夜幕降临了。我躲进一座古老的塔里面去。这座塔里住着一个守塔人和一只猫头鹰。这两位我谁也不能信任，特别是那只猫头鹰。这家伙长得像猫，它也有喜欢吃耗子的习惯。不过人们很难看清事实，我也这样。这家伙是一个非常懂事、非常有教养的老猫头鹰。她的知识不在我之下，也许比那个守塔人还要丰富。一些还很小的猫头鹰对于任何事情都是大惊小怪；但她只是说：‘不要弄什么香肠栓熬汤吧！’她对她的家庭多么好啊，她所说的最厉害的话也不过是如此。我对她很信任，我从我躲藏的小洞里叫了一声：‘吱！’我对她的信任让她非常高兴。她答应保护我，不让任何东西伤害我。她让我跟她一块儿住下来，留待粮食不足的冬天给她自己受用。

“不管从哪方面讲，她应该算是一个聪明人。她证明给我看，说守塔人只能‘吹几下’挂在他身边的那个号角：‘他因此就觉得很了不起，自认为他就是塔上的猫头鹰！他想要做大事情，但是他只是一个小人物——香肠栓熬的汤！’

“我要求猫头鹰给我做这汤的方法。于是她就一一讲给我听。

“‘香肠栓熬的汤。’她说，‘这只不过是人间的一个成语罢了。每个人对它都有自己不同的看法：他们总以为自己的做法最恰当，不过其实这整个的事儿没有任何意义！’

“‘没有任何意义！’我说。这使我非常吃惊！真理并不总是符合人们的心意并令人高兴，但是真理高于一切。老猫头鹰也是这样说的。我想了一想，我倒觉得，如果我把‘高于一切的东西’带回的话，那么我就带回了一件价值比香肠栓汤要高得多的东西呢。因此我就很快离开，希望我能早点儿回家，带无价的东西——真理。耗子是一个前卫的种族，而耗子王则是他们之中最前卫的。为了尊重真理，他是能够立我为皇后的。”

“你眼里所谓的真理却是谎言!”那个还没有发言的耗子说，“我能做这汤，而且我说得到就能做得到!”

## 5. 汤是怎样熬的

“我并没有四处去旅行,”第四只耗子说，“我留在国内——这种选择是正确的！因为我们没有旅行的必要。我们在这儿一样可以得到好的东西。我没有离开！我的知识并不是从神怪的生物那儿得来的，也不是狼吞虎咽地啃来的，也不是跟猫头鹰说话学来的。而是我用智慧自己琢磨出来的。请你们把水壶拿来，盛满水吧！请把水壶下面的火点起来吧！让水煮沸吧——它得滚开！好，请把栓放进去！现在请我们亲爱的国王陛下把尾巴伸进开水里去搅几下！陛下搅得时间越长，汤就熬得越浓。它不需要花费什么东西！也并不需要别的什么材料——只须慢慢地搅它就得了!”

“用尾巴搅的过程能不能让别人做呢?”国王问。

“不行,”耗子说，“只有耗子王的尾巴才有这样的神力。”

水在沸腾着。耗子王站在水壶旁边——这是一件很危险的事。他把他的尾巴伸出来，就像别的耗子在牛奶房的那副样儿——它们用尾巴挑起盘子里的乳皮，然后再去舔这尾巴。不过他把他的尾巴伸进滚水里没过多长时间就赶快跳开了。

“没问题——你就是我的皇后了!”他说，“我们等到我们金婚节的时候再来熬这汤吧，这样我们穷苦的子民就可以快乐一番——尽情地快乐一番!”

于是他们很快就举行了婚礼。不过很多耗子回到家来的时候说：“我们不应该把这叫作香肠栓熬的汤：它应该把它叫作耗子尾巴做的汤才对!”他们说，故事中有些地方讲得很好；但是整个的事儿不一定要这样讲。

“我就会如此这般地讲，不会用别的方法讲——”

这是批评家说的话。他们总是事后才显出聪明的。

这个故事传遍了全世界。关于它的不同看法有很多，不过这个故事本身保持了它的原样。不管什么事，能达到这种程度就算是最好的了，香肠栓做的汤也是如此。不过要想因此而得到感激可就错了！

# 一点成绩

“我要做出一点成绩！”五兄弟之中最大的一位说，“因为我想做一个对社会有用的人。只要我能为社会作点儿贡献，就算我的地位很低也没有什么关系。我愿意这样，因为这怎么说都算是一点成绩。我愿意去做砖，因为这是人们生活中必不可少的东西！这也算是做了点实事！”

“不过你的这‘一点成绩’真是微不足道！”第二位兄弟说，“这简直等于什么也没有做。这是一种手艺人的工作，机器照样也做得出来。唉，我倒想当一个泥瓦匠呢。这才是真正重要的工作，我要这样做。这能让你有一种社会地位：你可以加入一种同业工会，成为一个市民，拥有自己的会旗和自己的酒店。是的，如果我的生意做得好的话，我还可以雇一个帮手。我就能成为一个师傅，我的太太也理所当然成为一个师娘了。这才算得上一点成绩呢！”

“这真是不值一提！”第三位兄弟说，“因为这属于阶级之外的东西。这个城里有许多阶级是列在‘师傅’之上的。你可以是一个很普通的人，不过你就算是一个‘师傅’，你仍然不过是大家所谓的‘平民’罢了。不，我知道还有比这更好的东西。我要做一个著名的建筑师。这样，我就能进入艺术和想象的领域，那么我也可以跟文化界的上层人物同起同坐了。我必须从最基本的做起——的确，我可以坦白地讲：我首先要当一个木匠的学徒。我要戴一顶便帽，虽然这跟我平常戴的丝织礼帽不同。我要帮一些普通人做事，替他们取啤酒和烧酒，同时让他们把我称为‘你’——这当然是很不好的。不过我可以把这所有的事儿当作一种表演——一种化装表演。明天——这也就是说，等我成了师傅以后——我就去做我想做的事，别的人我都瞧不上眼！我将上专业学校，学习绘图，成为一个建筑师。这才算得上‘一点成绩’呢！而且是非常有用的成绩！到那时别人将称我为‘阁下’和‘大人’。是的，我的名字前面和后面还会加一个头衔呢。我将和我的前辈一样，不停地建筑。这样的事情才靠谱呢！这就是我所谓的‘一点成绩’！”

“不过你的所谓的一点成绩对我说来也没有什么了不起！”第四位说，“我决不会随波逐流，成为一个模仿者。我是一个天才，比你们所有的人都聪明！我要做一个新的设计专家，创造出新的设计思维，使建筑适合于各国的气候、材料、民族性和我们的时代的趋势——除此之外，还要加上能体现我的天才的一层楼！”

“话虽如此，不过假如材料和气候不对头又怎么办呢？”第五位说，“这样可就不好弄了，因为这两件东西都是非常重要的——至于民族性，它可以被夸大到虚伪的程度。时代也可以变得疯狂，正如青年时代一样。在我看来，不管你们怎样自命不凡，你们谁也不可能是什么了不起的人物。不过，随你们怎样吧，反正我不会跟你们一样。我要立足于一切事情之外，我只研究你们所做的事情。每件事情做得不可能正确无误。我将挑剔和研究错误，这才是最重要的事情呢！”

他能说到就能做到。关于这第五位兄弟，很多人都说：“这人说的还有点道理！他有一个很聪明的头脑，可是他什么事情也不做！”

但是就因为这样，他才算是“重要”。

你要明白，这不过是一个很小的故事。但是只要世界存在，这种故事是无止境的。

但是除了这些以外，这五位兄弟还做了些什么呢？什么也没有做！请看下去吧，现在书归正传。

老大是做砖的普通工人。他发现每块砖做成以后，可以得到一块小钱——一块铜做的钱。不过许多铜板堆在一起就能变成一块漂亮的银洋。

无论在哪儿——在面包房里也好，在屠户店里也好，在裁缝店里也好，只要你拿着这块钱去敲门，门立刻就开了。于是你想要什么，就能得到什么。你看，这就是做砖所能做到的事情。有的砖裂成碎片或者分做两半，就算这样，它还是有用处的。

一个穷苦的女人玛珈勒特很想在海边的堤岸上造一个小屋子。那位做砖头的老大把所有的碎砖头都送给她，此外还送给她少数的整砖，因为他是一个热心肠的人，虽然他除了做砖以外，没有做出什么很了不起的事来。这个穷苦的女人亲自造起了她自己的屋子。屋子很小，那个唯一的窗子也很窄狭，门低得每次进出都得弯着腰，草顶也不太漂亮。但是它究竟可以避风雨，而且面对的是一望无际的大海。海的浪潮冲击着堤岸，击起的咸泡沫洗刷着屋子。但这屋子仍然稳如泰山，虽然那个做砖的人早已死亡，化为尘土。

至于第二位兄弟，的确，他有一套与众不同的建筑技巧，因为他已经学好了这行手艺。在他当完了学徒以后，他就背上自己的行囊，哼出一支手艺人的小调来：

我要趁着年轻的时候到处走走，
住在异地也跟在家一样开心。
我的手艺也就等于我的钱包，
我最大的财富就是我的青春。
然后我要回来看望我的故乡，
因为我曾经答应过我的爱人。
好，这手艺必定是有出息的一行，
我要成为一个有名的师傅！

事实上也是如此。当他回到家来以后，他就在城里成为一个师傅了。他设计建筑了这幢房子，又接着建筑那一幢，这座城里很多新奇的建筑都有他的参与，为了显示他的建筑风格，他建了整个一条街。这条整齐的街非常好看，使这个城市增光不少。于是别的房子又给他建筑了一幢小房子。不过房子怎么能建筑房子呢？如果你去问它们，它们是不会告诉你的。但是有人能够回答："当然这幢房子是整个的街为他建筑的啰!"

这是一幢小房子，是用土铺就的。不过当他跟他的妻子在那上面跳舞的时候，这土铺的地就变得特别的光滑。墙上的每颗石子开出一朵花。这是非常美丽的，比最贵重的挂锦有特色。这是一幢漂亮的房子，里面住着一对幸福快乐的夫妇，外面飘着一面同业工会的旗帜。伙计和学徒齐声喊道："恭喜!"是的，这是一项很重要的事情！于是他就死去了——这也算是一点成绩。

现在当建筑师的第三位兄弟来了。他以前当过木匠的学徒，经常戴着一顶便帽，而且专门给别人跑腿。不过他后来进了一个专业学校，登上了建筑师、"阁下和大人"的宝座。他的哥哥是个石匠师，整条街都为他建筑了一幢房子。现在这条街就以他的名字命名，而街上最漂亮，最显眼的一幢房子就是他的房子。这是一项成绩，而他是一个出名的人物。他的名字前后都有一个很长的头衔。他的孩子被称为少爷。他死了以后，他的太太成了贵妇人。这是一项成绩！他的名字被作为一个街名，名垂青史，而且时时刻刻挂在人们的嘴边。是的，这是一项成绩！

现在被看作天才的第四位兄弟来了。他要发明创造性的新玩意儿，此外还要再加上一层楼，但意外的是那层最高的楼却塌下来了；他也倒栽葱似的滚了下来，摔断了脖子。但是人们却为他举行了一个很隆重的葬礼，扬起同业工会的旗帜，奏响音乐；报纸的头版头条上印了许多颂辞，街道上撒满了芬芳扑鼻的鲜花。此外还有三篇追悼演说，一篇比一篇长。这使他感到高兴，因为他一直以来就喜欢别人谈论他。在他的坟上还建了一座纪念碑塔。它只有一层楼，但这也算得是一项成绩！

现在他和他的三个哥哥一样，也死掉了。不过作为批评家的最后的那位兄弟活得最长。这就对了，因为这样他就可以批评或评论其他兄弟的成绩。对他说来，下最后的定论是很重要的事情。大家都说他有一个不简单的头脑！现在他的寿命也到头了：他去世了。他已经来到天国的大门外。在这里，人们总是成对地进进出出的！这儿还有一个灵魂，也想走进天国。他不是别人，而是住在堤岸上那个屋子里的老玛珈勒特。

“这个寒碜的灵魂跟我一同到来，其目的不外乎是要作一个对照吧！”批评家说。

“呐，姥姥，你是什么人？”他问，“你也想进去吗？”

老太婆毕恭毕敬地行了一个屈膝礼，她还以为现在和她讲话的这个人就是圣·彼得。

“我是一个孤苦伶仃的穷苦的老太婆，”她说，“我就是住在堤岸上那个屋子里的老玛珈勒特！”

“呐，你做了些什么事情？你完成了一些什么工作？”

“我活着的时候什么事也没做过！也没有做过任何一件值得为我打开这门的事情。如果有人能允许让我进去，那真是做了一桩好事！”

“你是怎样离开人世的？”他问，其目的无非是想说几句打发时间的话，因为站在门外等待是很烦的。

“是的，我也不知道是怎样离开人世间的！我最后几近穷困潦倒，病魔缠身，连爬下床都是非常困难的事，更不能走到外面的寒冷中去。那个冬天真是太冷了，我现在终于挨过去了。虽然有几天是很风平浪静的，但是非常寒冷——这点先生你是知道的。在海上眼睛所能望见的地方除了冰没有别的东西。城里的人都跑到冰上去。他们在那里举行他们所说的溜冰比赛，还有的在跳舞。我相信他们肯定有音乐和茶点。我睡在那个冷清的小房里，能清晰地听见他们的喧闹声。

“那时天刚刚黑下来。月光慢慢地升起来了，但是还没有完全放出光芒。我从窗子里向海上望。在远处海天相接的地方，我看到一层很特别的白云。我静静地望着，我看到它里面好像有一个黑点，这黑点变得越变越大。我知道这代表什么意思。我是一个老年人，我明白这种现象，虽然这在平常是看不见的。我一眼就看出来了，同时心里一颤。这样的事情我平生看见过两次。我知道很快将会有一阵可怕的暴风雨来临，春洪就要暴发。这些吃喝玩乐的可怜人快大难临头了。全城的人，无论男女老少，全都出来了。如果没有什么人像我一样看见或知道这儿正在发生的事情，谁会去告诉他们呢？

"我很害怕。我以前从来没有像现在这样紧张过。我爬下床来，颤颤巍巍地走到窗子那儿去——向前再走一步的气力就没有了。我设法推开窗子，这样我就可以看到大家在冰上尽情玩耍，我可以看到美丽的旗帜在随风飘扬，我可以听到年轻人在欢呼，情侣们在唱歌。他们正在狂欢，不过那块带有黑点的白云却越升越高。我用尽全身的气力大声叫喊，但是谁也听不见我。我离他们实在太远了。

"暴风雨马上就要到来了，冰块就要裂开了，冰上的人就要无情地被大海吞噬了。他们听不见我的声音，我也没有气力走到他们那里去。我多么希望我有一对天使般的翅膀把他们带到陆地上来啊！这时我们的上帝给我一个启示：把我的屋放一把火烧起来。我宁愿毁掉我的住所，也不愿看着那么多的人悲惨地死掉。我终于把火点起来了，我看到熊熊的火焰烧起来了……是的，我向门那边逃，可是我一走到门边就倒下来了，全身僵住了，再也不能向前移动半步。火焰一直追着我，窜出窗外，一直窜到屋顶上。

"这时，冰上的人都看到了火，他们焦急地跑来救我这个孤老太婆，因为他们觉得我快要被烧死了。他们没有一个人留在冰面上。全都拢向我这儿，但同时我也听到空中起了一阵飒飒的声音。我听到一阵隆隆的雷声。春潮把冰盖托起来，崩成碎片。平静的海面立马波涛汹涌，但是大家早已跑到堤岸上来了，这时火花正在我身上飞舞。我把他们大家都救出来了，心里很平静，没有了挣扎，但是我想我受不了这寒冷和惊恐，所以我现在就来到了天国的门口。据说天国的大门也会为我这样的穷人打开的。现在，我在堤岸上的房子已经化为灰烬了——当然这并意味着我就可以走进天国。”

这时天国的大门打开了，安琪儿把这个老太婆领进天国。老太婆走进天国里了，却在门外留下一根干草。这根草原来是铺在她为救那些人而烧掉的那张床上的。这根草现在变成了闪闪发光的金子，不过这金子在慢慢地长大，变成了最漂亮的花纹。

“看吧，这是一个贫寒的女人带来的东西！”安琪儿说，“你带来了什么东西呢？是的，我知道你什么事也没有做过——甚至一块砖也没有做过。希望你能再回去，哪怕带来这一点儿东西都好。你把这块砖做出来后，它可能没什么价值。不过如果你怀着好意把它做出来，那么它终究还算是一点东西呀。但是你回不去了，因此我也对你无能为力！”

于是那个可怜的、住在堤岸上的孤老太婆——为他求情说：

“我盖房子所用的整砖和碎砖，都是他兄弟做出来的。对于我这样的一个穷困潦倒的老太婆说来，这是非常了不起的事情！你可不可以把这些整砖和碎砖当作是他的那一块砖呢？这是一个慈悲的行为！他现在需要它，而这正是一个慈悲的地方！”

“你所认为最没有能力的那个兄弟，”安琪儿说，“他的勤劳的工作你认为是毫不足道的，现在他却送给你一件走进天国的礼物。现在没有人把你送回去了，你可以站在门外面好好想一想，考虑一下你在人世间的所作所为。不过你现在还没到进来的时候，你得先诚心诚意地做出一点成绩来！”

“这个意思我能用更准确的字眼表达出来！”这位评论家想。不过他没有大声地讲。在他看来，这已经算得上是“一点成绩”了。

# 老栎树最后的梦

在离大海不远的高高陡岸上，树林里有一棵年代久远、饱经风霜的老栎树。它今年正好三百六十五岁了，可这段漫长的岁月对于它来说，无异于我们一年中的三百六十五天。我们白天醒来，晚上做梦睡觉。树却不能这样，它一年里三个季节醒着，不睡觉，直到冬季降临时才是它休息的时间，是春、夏、秋这漫长的生命周期之后的休眠夜晚。在炎炎夏日，蜉蝣这种只活一天的虫子在老栎树周围快乐地飞绕着，享受着生活，感受着幸福，有时这种小虫子停在大栎树新鲜的大叶子上，老栎树总是说："可怜的小虫子啊！你的一生是如此短暂的一天，这一定是非常悲哀的事情吧。"

"悲哀！你说这话究竟是什么意思？"小虫子回答说，"我周围的一切是如此出奇的耀眼、温暖和美丽，这些对我来说真是太令人高兴了。"

"但这也仅仅只有一天，接着就什么都没有了。"

"没了！"小虫子答道，"没了是什么意思？你也要没了吗？"

"不，我的生命会比你长千万倍的，我的一天有整整的几季长。这真的长得你永远也算不出结果。"

"算不出来？看来我对你真是一点都不了解。你或许有千万个和我一样的日子，可我有千万个能够逍遥自在，无忧无虑的日子。当你死了之后，世界上的一切美好事物也将会随着你的死去而不复存在吗？"

"当然不会，"老栎树回答说，"那是显而易见的，它们的存在比我想象得都要长久得多。"

“好，”小虫子说，“如此一来我们存活的时间和日子就没什么太大区别了。只是我们计算的方法不同而已罢了。”接着小虫子在空中高兴地跳着舞，唱起歌来，为自己薄如蝉纱的精致翅膀感到无比的骄傲，为迎面而来的和煦微风感到自豪和高兴，它带来红花草和野玫瑰、接骨木花，还有花园树篱上生长着的忍冬花、野百里香、樱草花和薄荷的芬芳，小虫子简直陶醉在了大自然的馥郁芬芳之中。对它来说这漫长美丽的一天是那么的充满着快乐和甜蜜，以致在太阳下山时，它感到所有的这些快乐和享受使它累得筋疲力尽了。它的翅膀也无法再飞起了，它轻轻地、慢慢地滑翔下来，静静地降落在摇曳的柔嫩草叶上，在它还能点头的时候点了点它的小脑袋瓜儿，接着就安静甜蜜地睡着了。就这样，一只小虫子就平静地离开了这个世界。

“可怜的小虫子啊！”老栎树说，“这一生是多么的快活而又短促啊！”就这样，夏季里天天重复着相同的舞蹈节拍，老栎树也问着同样的问题，蜉蝣给予着完全相同的回答。蜉蝣一代又一代无休无止地重复着同样的事情，它们无不感受到同样的快乐和幸福。

老栎树就这样一直地醒着，度过了它春天的早晨，夏天的中午和秋天的夜晚，现在是它该休息的时候了，夜幕降临了——冬天就要到来了。暴风雨已经在歌唱了：“晚安，晚安！”叶子不时地纷纷落下，在风中飘飘荡荡。“我们来摇你，拍你。好好睡吧，好好睡吧。我们唱歌催你入睡，摇着你祝你做个好梦，这对你那些老树枝而言真是太美妙了啊！它们简直会乐得吱嘎吱嘎响了。好好地休息吧，好好地休息吧，好好地度过你的第三百六十五个晚上吧。确切地说，你还只是这个世界上的一个小娃娃。好好地睡吧，云朵会在你身上洒下洁白的雪，那可是非常好的一张柔软棉被啊，温暖而又舒适，会盖住你的全身。祝你睡个好觉哦，做个好梦吧。”老栎树站在它已经站了三白六十五年的地方，脱下了身上一张张叶子，开始了又一个漫长的冬眠，在梦里它做了好多好多的梦，如诗如画，就仿佛人在做梦一样，梦见它一生中所发生经历过的各种事情。这棵树曾经是那么那么渺小，在摇篮中它还只是一颗小小的果实。按人类的计算方法，现在的它正处在存活的第四个世纪阶段上。它是这森林中最年长的一棵树，比森林中的其他任何东西都要高大，在海上远远就能够看到它的身影，所以对于水手们而言它俨然成了一个新地标。它不晓得有多少双焦急的眼睛急切地在寻找着它。旅行中的鸽子将巢筑在了它最高的树枝上，杜鹃常常在那里唱歌，熟悉的旋律在枝叶间回响。等到秋天来临时，树叶凋零纷纷飘落时，候鸟们就会停在树枝上为远航积蓄力量。但现在还是冬天，树站在那里，光秃秃的一片叶子也没有，所以人人能够看到从树干上伸出来的弯曲树枝。一对秃鼻乌鸦蹲在了老栎树上面，相互诉说着即将到来的苦日子，冬天觅食该有多么困难啊。

就在圣诞节的时候，老栎树又做了一个梦。这棵树好像有一种能预感到节日即将来临的能力，它在梦中感觉到周围所有教堂都响起了美妙的钟声，它仿佛看到了美丽的夏日，既柔和又温暖。它巨大的树顶上覆盖着鲜嫩的绿叶，阳光在枝叶间戏耍着，花草的芳香在空气中弥散着，彩蝶们你追我赶，夏蝇在它旁边跳着舞，好像世界只是为了它们跳舞和寻欢作乐而造的。老栎树一生中每年发生的种种事情在它眼前一一闪现出来，仿佛节日的游行队伍一般壮观。他看到古代的骑士和贵妇人们骑着骏马穿过森林，他们的帽子上飘动着柔和美丽的五彩羽毛，手腕上停着目光锐利的猎鹰。狩猎的号角吹响了，猎犬不停地汪汪地叫着。它们发现身穿彩色衣服，披戴着闪亮盔甲和手持矛戟的敌方武士们正在搭起帐篷，很快又拆掉了。篝火又开始熊熊地燃烧起来了，人们在好客的大树帽下唱歌和睡觉。它看到情侣靠近它在月下令人羡慕不已地幽会，在它树干的灰绿色树皮上刻上他们姓名的第一个字母。有一次，那是很多年以前无人知晓的事情了，有一个很有兴致的游人将吉他和风弦琴挂在了它的树枝上，如今它们虽已经销声匿迹了，但仿佛仍然挂在那里，它还可以听到优美的琴声。旅鸽咕咕地叫着，仿佛在表达对大树的深深情谊，杜鹃鸣叫着告诉它还要度过多少个炎炎的夏日。然而，仿佛新的生命在透过树根、挺拔的树干和树叶的每一根纤维，一直延伸到顶上的那些树枝。老栎树感觉到自己在不停地伸展和扩张，而通过埋藏和隐蔽在泥土中的盘旋交错的根系，流动着生命中的活力。随着它长得越来越高，力气也越来越大了，它头顶上那些树枝就变得越发粗大滚圆起来了。随着它一天天的成长，它也变得越来越得意了，油然产生了一个新的渴望，它要长得越来越高，甚至高得能碰到温暖明亮的太阳。它最高的那些树枝已经穿过了云层，云朵仿佛是一群群候鸟或是巨型的白天鹅，要风在脚下行走；每一片叶子仿佛长了眼睛能看见许多东西。天上的星星在大白天里也能够看到，它们大而闪闪发光，仿佛一些明亮柔和的大眼睛。它们令人想起了熟睡孩子的眼睛，或是曾坐在老栎树树枝下幽会情侣的目光。对于老栎树而言这些无一不充满着和平与快乐，但在这幸福之中，老栎树又兼有一种热切的渴望，渴望身边的所有花草树木都能跟它一样高大挺拔，分享其中的喜悦和快乐。如果不能一起分享这种快乐，老栎树也就不可能得到真正的快乐。这种渴望通过每一根树枝、每一片树叶在颤动着，仿佛人的脉搏一样热烈激昂。树帽在摇晃着，左右摆动着各种姿势，似乎它正在寻找着某些需要的东西。这时候百里香的美妙香气传来了。接着是更浓烈的忍冬和紫罗兰的香味。它听到了杜鹃的歌声。它的渴望被满足了。林中树木的绿色树帽直冲云端，煞是好看，老栎树低头发现它们在上升，越长越高了。灌木和花草也向上飞长，有些为了长得更快些，甚至把根都拔了上来。长得最快的是桦树。它细长的树干好像闪电飞长开来，树枝在它四周不断地展开，枝叶繁茂，仿佛绿色的薄纱迎风舞动。树林中包括棕色的羽状灯心草在内的每一种植物都是如此，都跟其他草木一样一起在向上生长，同时鸟儿唱着歌曲愉快地向上翻飞戏耍着。一只蚱蜢蹲在一片凌空的绿色长缎叶子上，用腿梳理自己的翅膀。金龟子呜呜呜，蜜蜂嗡嗡嗡，鸟儿唧唧喳喳地闹着，各种声音杂糅在一起，空气中充满了快乐和优雅的歌声。

“可是长在水边的漂亮小兰花哪儿去了呢?”老栎树问道，“还有紫色可爱的风铃草和烂漫的雏菊?”你知道，老栎树也想要它们和它在一起。

“我们在这里，我们在这里呢。”这时角落里传出来了说话声和与之相伴的欢快和清脆爽朗的笑声。

“可夏天美丽的百里香呢，它又在哪里？还有去年用花铺满大地的铃兰呢，开漂亮花的野苹果树呢，还有那许许多多的年年盛开着的似锦繁花，它们都跑到哪里去了呢？”

“我们在这里，我们在这里。”空中更高的地方传来了这些声音，仿佛它们先行了一步，长到那里去了。

“哎呀，这真是太好了，太棒了啊，简直叫人难以置信和无法想象啊，”老栎树用兴奋的语气说，“不管是大是小，它们都在我身边了。这样的幸福简直令人难以想象啊，真像是上帝安排好的啊。”

“在永生的上帝这里，什么都是可以想象，又都是可能的。”空中传来如是的回答。

依然在向上生长的老栎树这时觉得它脚下的根从泥土中开始松开了。

“这样是再好不过了，”老栎树说，“如今没有羁绊能阻挡我了啊。这样我就能够飞到灿烂和光明的制高点去了。我热爱的一切花草树木，全都和我在一起了。一切的一切都在这里。”

这就是老栎树的美好的令人陶醉的梦。正当它做梦的时候，在圣诞节前夕，一场强烈的暴风雨袭击了这片陆地和大海。大海中的巨浪翻腾着冲上了海岸。只听见咔嚓一声巨响，老栎树被拦腰折裂了。正逢它在梦中感觉到它脚下的泥土松动了一样，它的根从地上被拔了出来。它慢慢地倒下了，过完了它的三百六十五岁生日，而这一切就仿佛蜉蝣过完它的一天一样。暴风雨在圣诞节的早晨，太阳升起时停了下来。每个教堂都响起了节日的钟声，每个烟囱，即使是最小茅草屋的烟囱，也都升起了渺渺炊烟，仿佛是德鲁伊特祭坛上节日感恩供品冒出的烟。大海渐次平静了下来，一艘晚上顶住了暴风雨的大船为了以示他们的欢庆，悬挂起了所有旗子。“那棵树倒下了！那棵老栎树的存在和矗立——我们海岸的新地标！”水手们大叫道。“一定是昨天的暴风雨推倒了它。谁能代替它的位置啊？

唉！谁也不能的。”这便是对老栎树简短而又意蕴深远的悼词啊。它就这样直挺挺地躺在了铺满雪的海岸上，在它头上盘旋着船上传来的一支优美和文雅的歌——圣诞快乐之歌，人的灵魂得救之歌，通过基督赎罪的血获得人类永生之歌。

高声唱吧，在这愉快的早晨，
一切都成为了现实，基督诞生了
让我们将快乐的歌高声唱出来吧，
感谢和赞美基督，哈利路亚！

高耸的天空响彻着古老的圣诞颂歌，船上所有的人都感觉到通过歌声和真诚的祈祷，自己的思想飞扬了起来，甚至如同老栎树在它圣诞节凌晨时刻，那最后的一个美梦中所意识到和感觉到的那样，向天空中飞去。

# 干爸爸的画册

干爸爸是个讲故事能手，而且讲得又多又好听。他还会剪纸和绘图。在圣诞节即将到来的时候，他就拿出一本用干净的白纸订的剪贴簿，他把从书上剪下来的图画都贴在剪贴簿上。如果他摘剪下来的图画不足以说明他所要讲的故事，他就自己画出几幅来。我小时候干爸爸送给我好几本这样的画册，不过最好看的一本是《哥本哈根用瓦斯代替老油灯的那个值得纪念的一年》——这就是写在首页上的标题。

“这本画册一定要好好地保存着，”爸爸和妈妈说，“你只能在重要的场合才能拿出来。”

但是干爸爸却在封面上这样写着：

即使把这本书撕了也没什么关系，
别的小朋友干的事比这还要糟。

最有意思的是干爸爸竟然亲自把这本书拿了出来，而且还念出里面的诗句和辅助的说明，并且还讲出一堆大道理。这时故事就要变成真事了。

第一页上的图画是从飞行邮报上剪下的一张画。在这张画上能看到哥本哈根、圆塔和教堂。在这张画的左边贴着一张关于旧灯的画，画上写着“鲸油”；在右边贴着一张关于灯台的画，画上写着“瓦斯”。

“你看，这就是标题页，”干爸爸说，“这就是你所要听的故事的开始。也可以把它说成是一出戏，如果你会演它的话：‘鲸油和瓦斯——或哥本哈根的工作和生活’。这是一个很好的标题！在这页的下边还有一张小图画。这张画可很难看明白，所以我得解释你才能听懂。这是一匹地狱马，它应该出现在书的后面，但是把它却放在了这一页，是为了说明：开头、中间和结尾都不好。也许只有它才能办好这件事——如果它能办到的话。我可以告诉你，这匹地狱马白天是被拴在报纸上的，而且就像大家所说的，它在专栏中一直兜圈子。不过晚上它就会溜出来，待在诗人的门外，发出嘶鸣声，使住在里面的人马上死去了——但是如果这人身体里有真正的生命，他就不会死去了。地狱马基本上永远都是一个可怜的动物，他不了解自己，总是挨饿。为了生存它只有到处嘶鸣才能找到一点儿空气和植物。我相信它不会喜欢干爸爸的画册的，虽然如此，它还是值得占用这一页纸。

“这就是这本书的首页，也就是标题页！”

这正是油灯亮着的最后一晚。街上已经出现了瓦斯灯。这种灯非常明亮，有了它，许多老油灯显得非常黯淡。

“那天晚上我就在街上，”干爸爸说，“大家在街上来来往往，观察着这新旧两种灯。人很多，而腿和脑袋更要多一倍。守夜人显出一副难看的表情站在一旁。他们不知道，他们自己也许会在什么时候像油灯一样被淘汰掉。他们把以往的事情回忆得很远，所以他们就不敢想以后的事情了。他们回想起许多个安静的黄昏和黑暗的夜。我正站在一个路灯杆下，”干爸爸说，“油和灯芯正在发出嗞嗞的声音。我听到了灯讲的话，我现在讲给你听听。”

“我们能做到的事，尽我们的所能全都做了，”灯说，“我们对我们那个时代已经做了很多的工作。我们照着一切快乐的和悲哀的事情，我们亲眼目睹了许多重大的事情。我们也可以自豪的说，我们以前是哥本哈根的夜眼睛。现在就让新的亮光来接我们的班，来承担我们的义务吧。不过他们能够照多长时间，能够照出一些什么事情来，这倒要看看他们的表现了。跟我们相比，他们肯定是要亮得多。但是这没有什么了不起，主要是因为他们被装成了瓦斯灯，他们互相都有联系，彼此都相通！他们有四通八达的管子连接着，在城里城外都可以得到支援！但是我们每盏油灯只是靠着自己的力量发出光来的，彼此之间没有一点儿关系。我们和我们的祖先在很多年以前，不知把哥本哈根照亮了多么久。不过今天是我们发亮的最后一晚，而且跟你们——明亮的朋友——在街上一起，处于一个低级的地位。但是我们并不因此而生气或嫉妒。不，完全不是这样，我们很高兴，很快乐。我们这些年老的哨兵，已经有了穿着比我们更漂亮的兵士来接班了。现在我们可以安心地把我们的家族——直到我们第十八代的老祖母灯——所看到和经历过的事情全都告诉你们：整个哥本哈根的历史。迟早有一天你们也要交班的，到那时我希望你们和你们的后代也积累了像我们这样的经验，同时也能讲出像我们这样动人的故事。你们交班的那一天也会到来的，你们最好做些准备吧！人类一定会发明出比瓦斯还要明亮的光来的。一个学生曾经说过，人类早晚会有一天能把海水拿来点灯呢。”

当油灯正说着话的时候，灯芯也发出嗞嗞的声音，仿佛它里面真的有水。

干爸爸认真地听。他想了想，老街灯要在这个由油灯换成瓦斯灯的新老交替的夜里，把整个哥本哈根的历史都叙述出来，非常有道理。“有道理的事情就不能让它悄悄溜掉，”干爸爸说，“我立刻就把它记住，等回到家里，就为你编好这本画册。画册里的故事也许还要老一些。

“这就是画册，这就是关于‘哥本哈根的生活和时代’的故事。它从黑暗开始讲起——漆黑的一页：它就是黑暗时代。”

“现在就让我们翻一页吧！”干爸爸说。

“你看到这张图画了吗？只有波涛在翻滚，疯狂的北风在怒吼。它推动着巨大的浮冰，除了从挪威的石山上滚下来的大石块儿以外，冰上见不到一个人。北风把冰块吹向前方，他是故意要让德国的山岳看一看，北国有多么庞大的石块儿。所有的浮冰已经流到瑟兰海岸外的松德海峡上。哥本哈根就属于这个岛，但是那时它并不存在。那时只有一大块浸在水底下的沙洲。这一大堆浮冰和庞大的石块被这沙洲拦截了下来。这整堆的浮冰再也移动不了了。就算是再厉害的北风也没有办法让它再浮起来，因此他气愤得破口大骂。他诅咒着沙洲，他叫它‘贼地’。他发誓说，如果它有一天从海底露出来，那它上面一定会住着盗贼，一定会竖立起绞架和轮子。

“当他正在诅咒和发誓的时候，太阳钻出来了。太阳光中有很多光明和温暖的精灵——光的孩子——在飞翔。他们在这寒冷的浮冰上舞着，把浮冰都融化了。那些庞大的石块没有了立足之地也就沉到多沙的海底去了。

“‘这可恶的太阳！’东北风说，‘难道他们之间有交情，还是有亲戚关系？我要记住这件事，将来报仇！我要诅咒！’

“‘我们却要送上祝福！’光的孩子们唱道，‘沙洲要升起来，我们要保护它！真、善、美将要永远住在它上面！’

“‘完全是胡扯！’东北风说。

“你要知道，现在，灯无话可说，”干爸爸说，“不过我全知道。这对于哥本哈根的生活和时代是至关重要的。”

“现在我们再翻一页吧！”干爸爸说，“很多年过去了。沙洲露出水面了。一只水鸟站在一块冒出水面的石头上。你可以在图画里看得见它。又有很多年过去了。海浪把许多死鱼推到沙洲上来。坚韧的芦苇长出来了，枯萎了，腐烂了，给土地增添了肥沃的养料。接着许多不同种类的草和植物也长出来了。沙洲成了一个生机盎然的绿岛。卫金人就在这儿登陆，因为这儿有平地可以作战，同时瑟兰海岸外的这个岛也是一个很好的船只停泊处。

“我相信，最初的一盏油灯被点起来，肯定是因为人们要在它上面烤鱼的缘故。那时的鱼那才叫多呢，鲱鱼成群地从松德海峡游过来，要想把船在它们上面推过去真是件不容易的事。它们像闪电似的在水里发着亮光，它们像北极光似的在海底燃烧。松德海峡里拥有大量的鱼，因此人们就在瑟兰沿岸修建起房子来：房子的墙是用槲树做的，房子的顶是树皮盖的。人们所需要的木材要多少有多少。船只开进海港里来，油灯悬在摇摆的绳子上。东北风在吹，在唱着歌：'呼——呼——呼！'如果岛上点起一盏灯的话，那么这盏灯就是盗贼的灯：走私贩子和盗贼就在这个'贼岛'上进行他们的不法活动。

"'我相信，我所希望的那些坏事将会在这个岛上发生，'东北风说，'树很快就要长出来，我可以从它上面摇下果实'。"

"树就在这儿，"干爸爸说，"你没有看到这'贼岛'上的绞架吗？被铁链子套着的强盗和杀人犯就吊在那上面，跟以往没有什么两样。风把这些长串的骸骨吹得吱吱地响，但是月亮却静静地照着它们，就像它现在照着人跳集体舞一样。太阳也在温和地照着，打散那些悬着的骸骨了，光的孩子在太阳光中唱着歌：'我们知道！我们知道！在不久的将来，这儿将是一块儿丰饶的地方，一块儿景色秀丽、气候宜人的地方！'

"'这有点儿像小鸡在讲话！"东北风说。

"让我们再翻一页吧！"干爸爸说。

"罗斯吉尔得这个小镇教堂的钟声响起来了。亚卜萨龙主教就住在这里。他既会读圣经，也会使剑。他既有威力，也很坚定。这个小镇经过不断的发展变化，现在已经变成了一个商业中心。亚卜萨龙负责保护这个港口的辛苦渔人，使得他们免受侵略。他往这个污秽的土地上洒了很多圣水：'贼地'算是得到了一次纯净的洗礼。石匠和木匠开始工作。在主教的指导下，一幢幢建筑物如雨后春笋般地出现了。当那些红墙再筑起来的时候，太阳光就会亲吻它们。

"这就是'亚克塞尔之家'。

有塔的宫殿，
显得庄严；
有石阶，
有阳台；
嘘！
呼！
东北风，
吹得脸肿，
吹吧！
扫吧！
宫殿仍然屹立不倒！

“宫堡外面就是‘海坟’——商人的港口。

人鱼姑娘的闺房，

在海上绿林的中央。

“这儿丰富的水产吸引了很多外国人到这儿来买鱼，同时搭起棚子，修建房屋。这些房屋的窗上都镶着膀胱皮，因为玻璃实在太贵。不久，具有山形墙和起锚机的栈房也将建立起来了。你瞧吧，这些店里坐着许多老单身汉。他们不敢想结婚的事，他们做生姜和胡椒的生意——他们这些‘胡椒绅士’！

“东北风在走街串巷，扬起许多灰土，有时把草扎的屋顶给吹走了。母牛和猪在街边的沟里悠闲地溜达。

“‘我要恐吓他们，征服他们，’东北风说，‘我要在那些房子上吹，在‘亚克塞尔之家’上吹。我是不会弄错的！人们称它为贼岛上的‘死刑堡’。”

于是干爸爸指着一幅图画——他亲手画的：墙上插着整齐的桩子，每根桩子上都挂着一个被俘掳来的海盗的、龇牙的脑袋。

“这些都是真的，”干爸爸说，“这是值得记住的，能够理解它也有好处。

“这时亚卜萨龙主教正在浴室里，隔着薄墙听到了外边有海盗进来的动静。他立马从澡盆里跳出来，跑到了他的船上，吹响号角，片刻他的水手们都到齐了。箭射进这些海盗的背上。他们拼命地摇着桨，想逃走。箭射进他们的手心，他们连拔出箭的时间都没有。亚卜萨龙主教活捉了每一个海盗，砍掉了他们每个人的脑袋，然后把它们挂在宫殿的外墙上。东北风鼓起腮帮来吹，满嘴含着坏天气——和水手们说的一样。

“‘我要在这儿伸展我的四肢，’风儿说，‘我要躺在这儿看看这全部的把戏。’

“他躺了好几个时辰，吹了好几天。很多年过去了。

“守塔人在塔门口出现了。他向四面八方都仔细地观察了一番。你可以在图画里看到他的样子，”干爸爸说，同时用手指着，“你看见了吗，他就在那儿。不过他好像看到了一些什么东西，我过会儿再告诉你。

“‘死刑堡’的墙外是一片茫茫大海——它一直延伸到却格湾。这条通往瑟兰的海峡很宽。塞里斯勒夫草场上和索尔堡草场上有无数村庄。在它们附近，一个由许多山形墙木房子组成的新城市逐渐发展了起来。有很多条街、住的鞋匠、裁缝、商人，除了这些，还有一个市场、一个同业公会的会所。在以前小岛的海边上还有一座神圣的教堂：圣·尼古拉教堂。这座教堂有一个非常高的尖塔——它的倒影在清澈的水里映得多么清晰啊！离教堂不远处是圣母院。人们在这里念经唱诗，烧着香，点着蜡。商人的城现在变成了一个主教城。罗斯吉尔得的主教就是这儿的统治者。

“爱兰生主教坐在‘亚克塞尔之家’里。香喷喷的烤肉味儿从厨房里传出来，仆人端上了醇香的啤酒和红葡萄酒，提琴和黄铜鼓奏出了美妙的音乐。蜡烛和灯在燃着；宫堡里彻夜通明，好像它是整个王国里的一盏明灯。尽管东北风一直猛吹着塔和墙，但是塔和墙却依然不为所动。东北风也吹着城西边的堡垒——不过是一道木栏栅而已，但是这个堡垒也是不为所动。丹麦的国王克利斯朵夫一世就站在堡垒外面。反抗者在雪尔却尔攻击他，他将要到这个主教的城市来躲避。

“风儿在号叫，在像主教一样地说：‘请你待在外面！请你待在外面！门是不会让你进来的！’

“那是一个贫困的时代，那是一些艰难的日子。每个人喜欢做什么就做什么。霍尔斯坦的旗帜在宫殿的塔上飘扬。处处是贫困和悲凄。这是痛苦的黑夜。哪儿都有战争，还有黑死病在流行着。这是黎明前的黑——但是好日子快要来了。

“主教的城现在变成了国王的城。它里面建有山形墙的房子和狭窄的街道，城里有守夜人，还有一座市政厅，城的西区搭成了一个固定的绞架——只有市民才有资格在它上面受绞刑。除非是这座城市的居民才能被吊在它上面，高高地眺望却格和却格的母鸡。

“‘真是一座美丽的绞架，’东北风说，‘美要不断地继承下去！’它吹着，它呼号着。

“它从德国吹来了苦难和烦恼。

“汉撒的商人到了，”干爸爸说，“他们从栈房里、柜台后面出来，他们是洛斯托克、留贝克和卜列门很富有的商人。他们想得到的不仅是瓦尔得马尔塔上的那只金鹅。他们在丹麦所拥有的权力比丹麦国王还要大。他们乘着武装过的船只闯进来，谁也没有一点儿准备。此外，国王爱立克也没有心思来和他的德国族人作战。他们的人数是那么多，而且个个都那么骁勇。国王爱立克带着他的几个重要朝臣急忙从西城逃走，逃到了一个叫苏洛的小镇——到美丽的湖边和绿树林中去，到恋歌和美酒的杯中去。

“只是有一个人留在了哥本哈根——一个拥有纯净高贵心灵的人。你看到这张图没有？这是一个年轻的妇人——那么漂亮，那么温柔，她的眼睛像大海一样深邃，她的头发像亚麻一样金黄——她就是丹麦的皇后、英国的公主菲力巴。她打算留在这个混乱不堪的城里——大街小巷全是些陡峭的台阶、棚子，还有木架泥糊的店铺。市民都一窝蜂似的涌进来，不知所措。

“她有男子汉的气概和勇敢的魄力。她把市民和农民召集起来、启发他们，鼓舞他们。他们装备好船，驻守他们的家园。他们放着马枪，到处都是美丽的烟火和欢乐的心情。我们的上帝是决不会不管丹麦的。太阳照亮了每个人的心，所有的眼睛都放射出胜利的光芒。祝福菲力巴吧！她在茅屋里，在船上，在宫殿里，看守伤病人员，她理应得到祝福。我剪了一个花圈，放在这张画上，”干爸爸说，“为菲力巴皇后加油吧！”

“就让我们再向前跳过几年吧！”干爸爸说，“哥本哈根也和我们再一起向前跳。国王克利斯仙一世是在罗马，他得到了教皇的祝福。在他长途的旅行中，他到处受到敬仰。他在家里修建了一幢红砖的房子。经过拉丁文传授的学术将要在这儿发扬光大。农民和手艺人的穷孩子都要到这里来。他们可以在这儿乞求，可以穿上黑长袍，还可以在市民的门口唱歌。

“在这个所有东西以拉丁文教学的学校旁边，还有一幢小房子。在这所小房子里，大家讲着丹麦文和遵守丹麦的传统习惯。早饭是啤酒熬的粥，午饭时间在上午十点钟。太阳透过小块儿的窗玻璃射到碗柜和书架上，书架里都是些手抄的宝藏：密加尔先生的念珠和神曲、亨利·哈卜斯伦的药物集、苏洛的尼尔斯兄弟所著的韵文丹麦史记。‘每个丹麦人都应该熟悉这些书。’这所房子的主人说，他就是让大家熟悉这些书的人。他是丹麦第一个印书的人——荷兰籍的高特夫列·万·格曼。他从事的工作就是对大家有益的魔术——印书的技术。

“书籍来到国王的宫殿里，来到市民的家里。谚语和诗歌从此拥有了永恒的生命。人们在悲凄和快乐时不敢说的话，民歌的鸟儿就把它唱出来——即使用的是寓言形式，但是清楚易懂。这歌鸟悠闲地在辽阔的空中飞翔——飞过平民百姓的茅屋，也飞过武士的官邸。它像苍鹰一样坐在一个贵妇人的手上呢。它像一只小老鼠一样钻进地牢，对那些被奴役的农奴吱吱地讲话。

“这全都是些废话！’锐利的东北风说。

“现在是春天！’太阳光说，‘你看，嫩绿的小芽耐不住冬天漫长的寂寞探出小脑袋偷偷地往外望呢！’”

“我们继续翻画册吧！”干爸爸说。

“哥本哈根是多么辉煌灿烂啊！这儿有马上比武和杂技表演，这儿有声势浩大的游行队列。看那些穿着华丽胄甲的武士，再看那些穿金戴银的贵妇人。国王汉斯把他的女儿伊丽莎白嫁给布兰登堡的选帝侯。她是多么幸福，多么快乐啊！她所走的路上都铺有天鹅绒。她想着她的将来：幸福的家庭生活。在她身边站着的是她的皇族哥哥——有一双忧郁的眼睛和沸腾的热血的克利斯仙王子。他很受市民的尊敬，因为他理解他们所受到的压迫。他心中始终关心的是穷人的日子好过起来。

“只有上帝才能给我们带来幸幅！”

“我们继续！”干爸爸说，“风吹得非常猛烈。它在歌唱着锐利的剑、艰难的时代和那些混乱的日子。

“那是四月里一个非常寒冷的日子。为什么会有那么多的人聚集在宫殿面前摊税征收所的门口儿呢？国王的船在那儿停着，扯起了帆，挂着国旗。很多人挤在窗户后面和屋顶上观看。大家都充满了悲哀和痛苦、焦急和渴望的心情。大家的目光都聚到宫殿前。不久以前，人们还在那金碧辉煌的大厅里尽情地舞蹈呢，但是现在那里面却是悄无声息。大家望着那些阳台。国王克利斯仙总在阳台上眺望‘御桥’，同时沿着那狭窄的‘御桥街’眺望他从贝尔根带回来的那个荷兰女子‘小鸽子’，百叶窗是紧闭的。所有人望着宫殿：它的门打开着，它的吊桥已经被放下来了。国王带着他忠实的妻子伊丽莎白来了。她不会离开她的国王，尤其是现在，当她正遭遇着极大的困难。

“他的血液里燃着火，他的思想里燃着火。他要破除与旧时代的联系，他要破除农民的羁绊，他要对市民友好，他要折断那些‘贪婪的鹰’的翅膀，可是它们数量大得惊人。他离开了他的王国，希望能够在外国能够得到更多的朋友和族人。他的妻子和忠实的部下不离不弃地跟随着他。在这离别的时刻，他们的眼睛都噙满了泪水。

“声音和时代之歌混杂在一起。有反对他的，也有赞成他的。这是一个三部的合唱。请看看那些贵族们所讲的话吧。它们被写下来并且印出来了：

“‘万恶的克利斯仙，愿你倒霉吧！流在斯德哥尔摩广场上的血在高声地诅咒着你！’

“僧侣们也在咒骂着他：‘上帝和我们将要遗弃你！你把路德的教义挪用这儿来，你霸占教堂和讲台，你帮助魔鬼现身说法。万恶的克利斯仙，愿你倒霉吧！’

“但是农民和平民却哭得非常伤心：‘克利斯仙，我们爱戴你！我们不允许人们像牲畜一样买卖农民，不允许人们随便地用农民去交换一只猎犬！你所定的法律就是你的见证！’

“不过穷人所说的话一点儿作用也起不了。

“船现在向宫殿旁边开过去了。百姓们都跑到围墙边上，希望能再看一眼这只船。”

“漫长的时代，艰苦的时代。不要轻易相信朋友，也不要轻易相信族人。

“住在吉尔宫殿里的佛列得里克可是很想做丹麦国王呢。

“国王佛列得里克现在来到了哥本哈根。你看到这幅图画‘忠诚的哥本哈根’了吗？它的周围阴沉沉的，并且呈现出一系列的画面。瞧瞧每一幅画吧！这是一种能发出回响的图画：它现在还在歌声和故事中发出回音——经历过一连串岁月的、艰难和困苦的时代。

“那只不知飞向哪儿的鸟儿，随国王的遭遇怎么样了呢？很多别的鸟儿曾经歌唱过它；现在它们已经飞向远方去了，飞过了许多地方和很多大海。鹳鸟当春天来临时来得很早；它是从南方飞回来的。它看到过下面所讲的故事：

“‘我看到逃亡的国王克利斯仙在长满了石南的沼泽地上乘着车子走过。他看到一只独马拉着的破车。在车里坐着一个女人——那是国王克利斯仙的妹妹，布兰登堡选帝侯的夫人。因为她忠实于路德的教义而被她的丈夫驱赶出家门了。这两个流亡的兄妹在这长满荆棘的沼泽地上碰面了。艰难的时代，漫长的时代。不要轻易相信朋友和族人吧。’

“燕子从松德堡宫殿那儿飞来，唱着悲歌：‘国王克利斯仙被人出卖了。他呆在一座像井一样阴冷的塔里。他迈着沉重的步子，在石铺的地上留下了深深的足印，他的手指在坚硬的大理石上刻下痕迹。’

啊，什么忧愁能比得上
刻在石缝里的这些话语？

“鱼鹰从波涛滚滚的大海飞来——那茫茫无边的大海。一条船在这海上从远处驶来，带着富恩岛上的苏伦·诺尔布。他是幸运的，但是幸运像风和天气一样，变幻莫测。

“在尤兰和富恩岛上，大渡鸟和乌鸦在尖叫：‘我们现在出来寻找食物！真是太好了，太好了！这儿有很多死马还有很多死人。’这是一个动乱的时代，这是侯爵在作战的时代。农民拿起他们的棒子，市民拿起他们的刀子，大声地嚷着：‘我们要打死所有的豺狼，连他们的幼崽都不会放过。’城市的上空浓烟密布。

“国王克利斯仙是松德堡宫殿里的一个囚徒。他无法逃跑，也无法看到哥本哈根和它正在遭受的灾难。克利斯仙三世站在北边的公共草场上，像从前他的父亲一样。失望的空气弥漫在整个的城市，这儿到处是饥荒和瘟疫。

“有一个瘦骨嶙峋、衣衫褴褛的女人靠着教堂的墙坐着。她是一具尸体。两个孩子躺在她的怀里和着眼泪从她没有生命的乳房里吸出血液。

“勇气没有了，底气消退了。你——忠诚的哥本哈根！”

“礼号奏响了。请听这奏出的音乐吧！贵族老爷们穿着华丽的衣服，戴着逸着的羽毛，骑着配着金银的骏马到来了。他们向旧市场奔去。他们是不是按照惯例进行马上比枪或马上比武呢？市民和农民都穿着最好的衣服聚集到这儿来。他们要看什么呢？是不是他们要把教皇的偶像收集到一起，燃起一堆篝火呢？是不是刽子手站在那儿，就好像他站在斯拉霍克的火葬堆旁一样呢？这个国家的统治者是一个虔诚的路德教徒。这个事实现在要让大家知道、证实并且承认。

“高贵的太太和出身名门的小姐——她们穿着华丽高贵的衣服，帽子上饰着珍珠——端坐在敞开的窗子后面，观看着这浩大的场面。大臣们穿着正式的服装，坐在华盖下地毯上靠近皇位的地方。国王是静默的。现在国王的命令——朝廷的命令——用丹麦的语言向公众宣布了：市民和农民，因为他们曾经对贵族表示过反抗，现在要受到沉重的债。市民成了贱民，农民成了奴隶。全国的主教也受到了责罚。他们的权力被收回了。教会和修道院的所有财产，现在都归国王和贵族所有了。

“一面是骄奢和豪华，一面是憎恨和贫困。

贫穷的鸟儿蹒跚地走着，
不稳地走着……
富贵的鸟儿歌唱地走着，
喧闹地走着！

“战乱的时代带来阴沉的乌云，但也带来一缕阳光。它在学术的大厅里、在学生的家里照着。很多名字从那个时代一直照到我们现在的这个时代。其中有一位叫做汉斯·道生，他是富恩岛上一个贫困铁匠的儿子：

这个孩子来自贝根德小镇，
他的名字在整个的丹麦驰名。
他，丹麦的马丁路德，挥着福音的剑，
胜利地使人民接受上帝的真言。

“贝特鲁斯·巴拉弟乌斯这个名字将要发出光芒。这是一个拉丁文的名字，在丹麦文里，它是被叫作贝特尔·卜拉德。他是罗斯吉尔得的主教，也是尤兰一个贫困铁匠的儿子。在贵族中，汉斯·佛里斯这个名字也要放出光芒。他是枢密顾问。他让学生来他家里吃饭，还关心他们。他也同样地关心小学生。在所有的名字中，有一个名字受到众人特别的喝彩和传颂：

只要亚克塞港有一个学生
能写出一个字母，
那么国王克利斯仙的姓名
就处处被人传颂。

“在一个战乱的年代里，阳光也会从阴沉的乌云里射出光来。”

“让我们再来翻一页吧。

“在‘巨带’里，在撒姆叔海岸边，有什么东西在欢呼、在歌唱呢？一个披着一头蔚蓝色头发的美人鱼从海面上跃起来。她对农民作出预言：

有一个王子将要来到世上，他将会成为一个有权力的伟大国王。

“他出生在田野里的一棵山楂树下。他的名字一直被传颂，在附近骑士的大厅和城堡中开了花。有尖塔的交易所里建立起来了。罗森堡宫殿高高地矗立着，远远地望着城墙以外的东西。学生现在拥有了属于他们自己的宿舍。在宿舍附近，高耸入云的、作为乌兰妮亚纪念碑的‘圆塔’，和曾经是乌兰妮亚宫所在地的汶岛遥遥相对。它的金圆顶在月光中发出亮光；美人鱼姑娘歌唱着住在塔里面的主人——国王和臣子们常来拜访的、流着贵族血统的智者杜却·布拉赫。他把丹麦的声誉看得那么高，使丹麦跟天上的星星一道，全世界有文化的国家都知道。但是丹麦却容不下他。

“他在痛苦中用这样的歌让自己在心灵上得到一点安慰：

天空不是处处都有？
我还能有什么要求？

“他的歌在民歌中拥有了生命，像美人鱼姑娘所唱的关于克利斯仙第四世的歌一样。”

“你好好地看看这一页！”干爸爸说，“它的画后面还有画，正如叙事诗的后面还有诗一样。这是一首歌，它的开头非常欢快，可是结尾却很悲哀。

“一个国王的公主在国王的宫殿里翩翩起舞。她是多么美丽迷人啊！她坐在国王克利斯仙四世的腿上，她是他最心爱的一位公主爱勒奥诺娜。她接受过很高尚的道德教养。她的未婚夫是一个很出色的强大贵族哥尔非·乌惠德。她还是一个孩子，她还经常受到凶狠的女教师的鞭斥。她向她的亲人哭诉，这也是合情合理的。她是那么聪慧，那么有文化和有修养！她会希腊文和拉丁文，她能和着琵琶的奏鸣唱意大利歌，她还能讲一些关于教皇和路德的事情。

“当国王克利斯仙安静地躺在罗斯吉尔得主教堂的墓窖里时，爱勒奥诺娜的兄弟便成了国王。皇宫里是一片豪华气派的景象。这儿到处显示了美和智慧：最突出的代表人物是皇后——路尼堡的苏菲亚·阿玛利亚。没有人像她那样善于骑马，没有人像她那样精于跳舞，作为丹麦的皇后，有谁能像她那样谈笑风生呢？

“‘爱勒奥诺娜·克利斯汀妮·乌惠德！’这是法国大使自己说的话，‘就美和聪明来说，没有一个人能比得上她。’

“在光亮照人的宫殿舞池里，长出了嫉妒的牛蒡。它在那儿生了根，蔓延开来，并成了那儿受人藐视的笑柄：‘这个孽子！她的马车应该在‘御桥’停下来。皇后坐车子走过的地方，普通妇女照样也可以走过！’

“闲言碎语像雪片似的飞来。

“于是乌惠德在安静的夜里携着妻子的手走了，他用钥匙打开一扇门。马早在外面等着他们。他们骑马沿着海岸走，他们乘船逃到了瑞典。”

“现在，让我们再看另一页吧！看看他们遇到了什么。

“这是秋天。白天短，黑夜长。天气是阴暗和潮湿的，呼呼的寒风肆虐。堤岸上的树叶在瑟瑟作响，这些树叶飞到贝德·奥克斯的庭院里——这房子已经空无一人，被它的主人遗弃了。风在克利斯仙港上吹着，在现在被当作一个普通监狱用的开·路克的公馆周围吹啸。他本人受到了侮辱，并且被流放出去了。他的族徽被人打碎了。他的画像也被高高地悬在绞架上。他对于这国家的最尊贵的皇后说了一些不经意的话，这就是对于他的惩罚。

“风在疯狂地吹着，吹着曾经是加冕礼事务总长的官邸所在的那个广场。现在那儿除了一块石头什么也没有了。‘而且这还是我把它当作一块水磨石放到浮冰上吹到这儿来的呢，’风萧萧地说，‘后来，这块石头搁了浅，我诅咒的贼岛就是从这儿冒出来的，它成了乌惠德大爷公馆的一部分——他的妻子在这里伴着清脆的琵琶歌唱，朗诵希腊文和拉丁文，过着奢侈的生活。现在这儿只有这块石头，上面刻着：

此石永远作为叛国者哥菲兹·乌惠德的讥笑、羞耻和臭名的纪念。

"'但是那位高贵的夫人——她现在到哪儿去了呢？呼——嘘——呼——嘘！'风在用一种强烈的声音呼啸着。

"在宫殿——海水不断地打着它的黏湿的墙——后面的那座'蓝塔'里，她已经呆了好几年。这个房间里浓烟弥漫，缺少的是一点点温暖。天花板下面的那个小窗子很高。国王克利斯仙四世的这位娇生惯养的孩子——这位最高贵的小姐和夫人，她生活得多么庸俗，她生活得多么悲哀啊！这座被烟熏黑了的监狱的墙上挂满了勾起她的回忆的窗帘和织锦。她记起了她小时候的幸福时光，她父亲的温柔和慈祥的脸庞。她记起了她的奢华的婚礼，她的光荣的日子，她在荷兰、英国和波霍尔姆的艰难的时刻。

在真诚的爱情面前，
无所谓困苦和艰难。

"那时她仍然和他生活在一起。但现在她却是孤零零的，永远孤独的。她不知道他的坟墓在哪儿——谁也不知道。

她对丈夫的忠诚，
是她唯一的罪行。

"她成年累月地待在那里面，而外面的生活却在发展变化中。时间是永远不会停止下来的，但是我们不妨停一会儿来把她和这支歌的意义想一想：

我要保持我对丈夫的誓言，
不管怎样困苦和怎样艰难！

“你看到这幅图画了吗？”干爸爸问。

“现在正值冬天。寒冷的天气使洛兰和富恩岛之间造出一座冰桥——一座为卡尔·古斯塔夫使用的桥。他在艰难地前进。全国都遭受着抢劫和焚烧，恐怖和饥饿。

“瑞典人已经聚集在哥本哈根城下。天气寒冷刺骨，雪飘飘洒洒。但是所有的人都忠实于他们的国王，忠实于他们自己，他们现在正准备作战。各行各业的人都在城墙上守着。谁也不畏惧那些火红的炮弹。国王佛列得里克宣誓就算是死也要死在自己的窠里。他骑马巡视，皇后紧紧地跟随着他。这儿充斥着勇气、团结和爱国的热忱。

“让瑞典人在白雪地里爬滚，准备攻击吧！大家不停地把木头和石头砸向他们的脑袋。是的，女人则提着滚烫的铁锅，把沸腾的沥青和柏油浇向这些正在进攻的敌人头上。

“在这天晚上，国王和所有的平民团结在一起。他们胜利了。教堂的钟声响起，到处是一片胜利的喜悦。”

“让我们看看下一页是什么吧！

“斯万尼主教的夫人乘着一辆武装严实的车子来了。只有显贵才这样做。要不那些勇猛的年轻贵族会把车子打得稀烂。主教夫人只好亲自徒步走到主教公馆去。

“故事就这样结束了吗？下一步就是摧毁更重要的东西——过度的傲慢。

“汉斯·南生市长和斯万尼主教，以上帝的名义，联手进行工作。他们的谈话中充满了智慧和诚恳；不论人们在教堂里，还是在市民公所里都能听得到。

“他们一联手，港口就堵了，城门就关了，警钟就响了。只有国王独掌大权。他曾经在最危险的时刻呆在他的窠里，要平民们都听从他的管理和统治。

“这是一个独掌大权的时代。”

“再翻一页，再跳过一个时代吧。

“‘嗨伊！啊嗨伊！’人们把犁扔到一边，石南遍地横生，可是人们却更喜欢打猎。‘嗨伊！啊嗨伊！’

“快听那嘹亮的号角声和犬吠声吧！快看那些猎人吧！快看国王克利斯仙第五世吧！他是那么年轻那么快乐。城市里到处都是一片祥和的景象。大厅里点着蜡烛，院子里点着火把，大街上点着路灯。一切的一切都是那么的热闹崭新！从德国请来的男爵和伯爵接受了恩惠和礼物。那时最时髦的东西就是称号、官职和德语。

“这时人们忽然听到了一个纯粹的丹麦声音：这是一个职工的儿子——他现在是主教。这就是根果的声音。他唱着动听的灵歌。

“还有一个百姓的儿子——他的父亲是一个卖酒的人。他的名字就是法律和正义的化身。他那些关于法律的作品成了国王名字的金底。人们将永远记住它。这个卖酒人的儿子是个伟大的人；他光荣地获得了一个贵族的纹章，但他也因此受到别人的嫉视。因此他被押上刑场，格里菲尔德的头上放着刽子手的刀，但是他被赦免了死罪，改为终身监禁。于是人们把他送到了特龙罕海岸外的一个很小的石岛上去了。

蒙霍姆成了丹麦的圣·海伦娜。

“这时宫殿里的舞会还在继续着。这里充满豪华热闹的景象；这里有动听的音乐。臣子及他们的太太们在这里快乐地跳舞。”

“这时正值佛列得里克第四世！

“快看那些装备精良的船只和胜利的旗帜吧！快看那波涛汹涌的大海吧！是的，现在人们可以随便谈丹麦的故事、成就和光辉历史。我们不会忘记他们的名字——胜利的寒赫斯得和谷尔登洛，卫特菲尔得——他为了保住丹麦的舰队，把他自己的船炸毁了，而他自己则连人带旗被卷到天上去了。我们想起了那个时代斗争的场面，想起了从挪威的山上跑下来捍卫丹麦领地的那位英雄：比得·托登叔。在那个美丽的、狂暴的海上，他的名字如同响雷一样横贯整条海岸。

闪电透过尘埃，
雷声打乱时代的低语；
一个裁缝的学徒离开案板，
划着一条小船走过挪威沿岸。
卫金人那种年轻和钢铁般的精神，
飘扬在北海上。

“就在这时从格陵兰沿岸吹来一阵凉爽的风——一股好像是从伯利恒土地上吹来的香气。它带来了汉斯·爱格得和他妻子点起的福音之光。

“所以上半页的篇幅有金底；而下半页的篇幅，因为要表示悲哀的缘故，是一片灰黑的——上面有些黑点，不是表示火花，就是表示疾病或者瘟疫。

“瘟疫开始在哥本哈根横行。街上空荡荡的，家家户户紧闭门窗，到处都是粉笔画的十字，意思是：屋里有瘟疫。那些画有黑十字的地方，就表明里面的住户全都死光了。

“尸体在夜间被运走了，没人敲响丧钟。那些街上半死的人也一道被运走了。兵车装满了尸体，隆隆地开起了。但是酒店里却传来醉汉可怕的歌声和狂叫声。他们想借酒来忘掉一切苦难。可是却避免不了灭亡——灭亡！是的，他们终于灭亡了。这一页，与哥本哈根第二次遭受的灾难和考验一起结束吧。”

“国王佛列得里克四世还活着。随着时间的流逝，他的头发变白了。他站在王宫窗子的后面看着外面的风景。这时正值岁暮。

“在靠近西门的一幢小房子里，一个男孩子正在玩球儿，球儿突然飞到楼顶上去了。这个小男孩儿点着一根蜡烛拿着爬上楼顶去寻找它。于是这幢小房子就着火了，接着就是整条街。火光直冲天空；云层反射出火光。火势迅猛！可燃物可是不少：粮草、麦草、腊肉、柏油，还有整堆的木柴。通通都烧起来了。到处都是哭声和叫声，顿时陷入混乱中。老国王骑着马走过来。他鼓励大家并向大家下命令。火药也爆炸了，房屋都倒塌了。就连北城都烧起来了；许多教堂——包括圣·彼得教堂和圣母院——通通都烧起来了。教堂里发出了最后的祈祷声：‘仁慈的上帝，请您帮帮你的孩子们吧！’

“除了圆塔和皇宫，其余的一切都成了废墟。

“国王佛列得里克去安慰他的老百姓，送给他们东西吃。他跟一些无家可归的朋友呆在一起。祝福国王佛列得里克四世吧！”

“现在请看这一页！

“快看这镶着金子的马车，以及它两边的随从和它周围的骑士。马车从皇宫里开出来；两边还拦着铁链，是为了防止老百姓走得太近。百姓们必须光着头才能穿走过广场。就因为这，你不知道广场上都是些什么人——大家都尽量避开这个地方。可是有一个人走过来了：他低垂着眼睛，手里拿着帽子。我看清了，这正是我们很推崇的一个人：

他的话语像扫净一切的狂风。
一直吹到明天太阳光出现；
外来的不良风习像许多蚱蜢，
匆忙地逃回到它发源的地点。

“他就是机智、幽默的路德维格·荷尔堡。他在丹麦剧场上的表演很出色。但是丹麦的剧场现在都关上了门，好像它们是耻辱的源头。一切娱乐活动都被禁止了。基督教黑暗的一面现在占了上风。”

“‘丹麦王子！’他的母亲这样叫他。现在是他的时代了——到处都充满了明朗的阳光、鸟儿欢快的歌声、自由的和地道丹麦式的生活的时代：佛列得里克五世成了国王。

“皇宫广场上的铁链也被拆除了。丹麦的所有剧场的门又被打开了。到处都充斥着笑声、歌声和快乐的心情。农民举行了夏日联欢节。饥饿过去了，他们现在可以快乐地生活了。‘美’现在开始繁荣起来，花儿绽放，在声、色和创造性的艺术中开花结果。请听格勒特里的音乐吧！请看伦得曼的演出吧！丹麦皇后喜欢一切纯正的东西。英国的路薏丝，你是那么的美丽温柔！愿上帝祝福你！愿太阳的光芒以愉快的大合唱的形成来照耀丹麦的那些皇后——菲利巴、伊丽莎白和路薏丝。”

“尘世的部分已经被埋葬掉了，但是灵魂还在，名字也在。英国又送来了一个皇族的新嫁娘——玛蒂德。她很年轻，但是又很快就被遗弃掉了！诗人将会歌颂你，歌颂你年轻的心和你度过的艰难的日子。这歌声在时间的流逝中，在人民之间，有一种力量，一种无法言说的力量。看那皇宫——国王克利斯仙的皇宫——的大火吧！人们在想尽一切办法救出他们所有的最美好的东西。看那些码头工人拖出的一篮子银盘和珍贵的东西吧。多么贵重的财富啊！不过他们看到了在熊熊大火燎着的一扇敞开的门后，立着国王克利斯仙四世的一尊古铜半身像。他们马上扔掉了那笔财富。因为这尊半身像对他们来说有更重大的意义！必须救出来，不管它有多沉。他们从爱华德的歌中，从哈特曼美丽的曲调中认识了他。

“语言和歌曲都有力量；对于可怜的玛蒂德皇后来说，这更有力量。”

“让我们再继续翻看我们的画册吧。

“乌菲德广场上立着一个令人感到耻辱的纪念碑。这个世界上还有什么地方有这样的东西呢？在西门附近还立着一根圆柱。这个世界上像这样的东西还有多少呢？

“太阳亲吻着被当作‘自由圆柱’的基石的那块石头。所有教堂的钟都响起来了，旗帜在飘扬。大家向佛列得里克亲王高喊万岁。贝尔斯托夫、勒汶特洛和柯尔边生这几个名字将永远留在所有人的心里和嘴上。大家带着微笑和感激的心情读着“自由圆柱”上刻着的神圣的碑文：

国王命令：废除农奴制；制定并实施土地法，以使农民成为勇敢、聪明、勤劳、善良、正直和幸福的公民！

“这是多么美好的一天啊！这是多么快乐的一个‘夏日联欢节’啊！

“太阳之神唱着歌：‘善在生长！美在生长！’乌惠德广场上的那块石碑终将会倒下，但是‘自由圆柱’将永远立在太阳光中——上帝、国王和他的子民都会祝福它。

我们有一条古老的公路，
它一直通到世界的尽头。

“这就是那片广阔的大海——无论谁都可以使用的大海。敌人也来使用了。勇猛的英国舰队开进来了：一个大国来攻打一个小国。这场战斗是极其艰难的，但是子民们却非常英勇。

每个人都是英勇无敌，
战斗到最后一口气。

“他们让敌人羡慕；他们也感动了丹麦的诗人。今天我们在纪念这次战斗的时候，就高高地悬挂起我国的国旗：这是丹麦光荣的四月二号——哥本哈根港外的洗足木曜日的海战。”

“时光流逝的很快。奥列·松得海峡上出现了一支舰队。它是开向哪个国家去的呢？谁都不知道，甚至连舰队上的人都不知道。

“在人们之间流传着这样一个故事：这天清晨在奥列·松得海面上，一封密信被拆开了，并且被立即公布。它上面写道：围缴丹麦的舰队。就在这时一个年轻的上校——一个说到做到英国的儿子——站在他的首长面前说：

“‘我发誓，在公平正义的战斗中，我愿意为我的国家战斗到死。但是我不能违背良心去摧毁一个小国。’

“他刚说完，就跳到海里去了！

于是舰队向哥本哈根前进，
远离它应该去的战场，
那个无名上校的冰冷尸身，
隐藏在深蓝的水底下，
直到浪潮把它推向海边。
瑞典的渔人们在星空下撒网，
捞起他，用船把他装上岸：
每个人都想保留住死者的肩章。

“敌人冲向哥本哈根。整个城市都被火点燃了。我们失去了我们的舰队，但是我们还有我们的勇气和上帝对我们的爱。他虽然倒下了，但是他还能站起来。像爱赫里亚的战斗一样，创伤终将被治好。哥本哈根的历史是令人骄傲的。

我们人民永远有一个信心：
上帝是丹麦的一个好友人。
他会帮助，只要我们坚持到底，
明朗的太阳明天一定会升起。

“不久的将来，阳光照着新起的城市、丰饶的麦田，还有我们勤劳多艺的人民。这将是一个和平美好的夏天。这时候奥伦施拉格到了；她建立起她丰富多彩的海市蜃楼。

“科学上现在已经有了一个重大发现。它比人们以前所发现的一只‘金角’更重要。现在所发现的是一条‘金桥’：

这条桥可以使思想的光辉
随时射进别的国家和人民中去。

“这‘桥上’写着汉斯·克利斯仙·奥尔斯得特的名字。

“看啊！在宫殿附近的教堂旁，建成了一个建筑物。甚至最贫穷的百姓都愿意为它而献出他们所有的最后的一个铜板。”

“在这画册的一开始，”干爸爸说，“你要记得，那些古老的圆石从挪威山上滚下来，然后被移到了这儿的冰面上。现在在多瓦尔生的指挥下，它们又被从海底上捞出来了，变成了美丽的大理石雕像。多好看啊！

“你一定要记得我讲过的事情和故事。海的沙底突出水面来，成了防波堤，也载着‘阿克塞尔之家’，载着主教的公馆和国王的宫殿。现在它又载着美神的庙。诅咒已经成为过去式了。空中满是孩子们对于未来所唱的幸福的颂歌。

“多少暴风雨走了又来，来了又去，但是终究会消逝的。真、善、美总会获得最后的胜利的。

“画册上的故事到这儿就讲完了，但是哥本哈根的历史还在继续——没有完。谁知道你这一生还会看到什么呢？

“天常会变成黑的，暴风也总在吹，但是却没有办法把太阳光吹走。阳光永远照着大地。不过上帝才是最亮的太阳！我们主所照耀的地方比哥本哈根所统治的地方还要宽广。”

干爸爸说完这些话后，就把画册送给了我。我接过这本书的时候高兴极了，骄傲极了，小心极了，正如我最近第一次抱起我的小妹妹一样。

干爸爸说：“我同意你把这本画册让给大家看，同时你也可以跟他们说，故事是我编的，粘的，画的。不过最重要的事情是，他们应该知道我是从什么地方得到这个主题的。你知道得很详细，你可以告诉他们。主题是那些老油灯给的。当人们最后点着它们的时候，它们就把一切东西，仿佛过电影似的，讲给新的煤气灯听：从这个港口第一次点起路灯时开始，直到哥本哈根同时点起油灯和煤气灯，把所有的事统统都指出来。

“这本书你想给谁看就给谁看——但是最好给有温柔的眼睛和善良的心的人看。但是如果‘地狱马’来了的话，那么你最好马上合上干爸爸的画册。”